新雅
名著館

U0108432

湯姆歷險記

原著　馬克·吐溫〔美〕

撮寫　周樂

新雅文化事業有限公司
www.sunya.com.hk

文學名著，具有永久的魅力。一代又一代的讀者，曾從中吸取智慧和勇氣。

　　面對未來競爭性很強的社會，少年兒童需要作好準備，從素質的培養、性格的塑造、心理承受力的加強、思維方式的形成、智力的開發，以及鍛煉堅強的意志，都是重要的課題。家庭教育的單調、學校教育的局限、社會教育的不足，使孩子們面對許多新問題感到困惑。而文學名著向小讀者展現豐富的世界，通過書中具體的形象、曲折的情節，學會觀察人、人與人的關係，和錯綜複雜的社會矛盾。可以說，文學名著是人生的教科書，它像顯微鏡一樣，照出人的內心世界和感覺。通過書中人物的命運，了解社會，體會人生，不知不覺地得到啟迪心靈的鑰匙。而名著中文學的美，語言的美，更是滋潤心田的清泉。

　　然而，對於年紀尚小的讀者來說，這些作品原著的篇幅有些長，這套縮寫本既保留了原著的精髓，又符合小讀者的能力和程度，是給孩子開啟文學大門的最佳選擇。

著名兒童文學作家
冰心獎評委會副主席　**葛翠琳**

《湯姆歷險記》是一本饒有趣味，引人入勝的小說，它得到廣大的小讀者喜愛，也得到廣大的成人讀者所喜愛。

　　為什麼這本小說有這麼大的魅力呢？因為：

　　第一，這本小說有如一幅千姿百彩的風俗畫。馬克·吐溫的故鄉在密西西比河畔，也就是這個故事發生的地方。小說不但寫了本地風光，而且把當時的風俗和人情都寫出來，那時候人心純樸，迷信傳說極多，寫來富有生活氣息，增加了故事的真實感。

　　第二，它成功地創造了那個時代，那個環境裏出現的孩子——湯姆·莎耶。

　　湯姆是一個聰明活潑、愛動的、充滿幻想、富有冒險精神、嚮往着英雄業績、樂觀、向上的孩子，不是一個呆板的模範學生，他天真頑皮，有時也有這樣那樣的缺點。可是他非常可愛。這是因為馬克·吐溫非常懂得孩子的心理，用很細膩、幽默的筆調寫出他的經歷，讀起來就十分親切了。

目錄

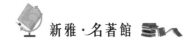

❮ 一、快樂時光 ❯

　　湯姆昨天又逃學了，他跑到河邊去游水，在回家的路上，又和一個新搬來鎮裏的孩子打了一架，直打到人家哭着求饒。所以，波莉姨媽決定星期日不准湯姆上街玩，而罰他做一天苦工，去粉刷花園的圍牆。

　　這天一早，湯姆就一手提着一桶灰漿、一手拿着一把長柄的刷子，出現在圍牆邊。他把刷子醮上灰漿，在圍牆上刷了幾下，然後停下手，再和未刷過的比較一下，他頓時感到垂頭喪氣——因為這圍牆足有三十碼長、九呎高，什麼時候才能夠刷得完啊！如果不刷完，屁股就會挨波莉姨媽打了。但刷完後，又剩下多少時間可以出去玩呢？他一面想，一面無可奈何地刷着，但越來越沒有信心了。

　　這時，遠處傳來了一陣歌聲，湯姆的心立即緊張起來。別的小孩子可以到處玩，而他卻要在這裏做苦工，那肯定要被人大大譏笑一番了。正在這個危急關

頭，湯姆忽然想出了一條妙計——他的腦袋裏，是裝滿聰明的計謀的。現在，就看誰來上鈎了！

一個小孩子吃着蘋果過來了，他一見湯姆在刷牆，果然就說：

「咦？湯姆，你真是很乖啊！」

沒想到湯姆卻回答說：

「你知道什麼才叫做玩嗎？難道一個小孩子天天有機會刷圍牆玩嗎？」

說完，湯姆一邊刷幾下，一邊停下手來看看自己的成績，然後又補上幾下，這幾個動作是多麼瀟灑呀！就像畫家在畫畫一樣。簡直讓那孩子羨慕死了。他苦苦哀求湯姆，讓他也來試一試。湯姆暗自感到高興：「上鈎了！」起先他還假裝不放心，直至那孩子提出用蘋果來交換，湯姆才答應，不過臉上還表現出不情願的樣子。

到後來，每一個走過的孩子為了滿足自己的好奇心，都爭着拿出心愛的玩具和零食，來交換刷牆玩！他們個個累到手都幾乎抬不起來。還給太陽曬出了一身臭汗。而湯姆呢，卻坐在大樹底下，慢慢地享受那

些戰利品，直至圍牆被塗了三層，灰漿也用完了為止。

這時，還未到吃中午飯的時間呢！湯姆略施小計，就免除了做苦工，還意外發了一筆小財。

而且，整個下午都可以去游水曬太陽了，不知底細的波莉姨媽，還表揚和獎勵了他一番呢。

星期一到了，每當這天早晨，湯姆就悶悶不樂，因為又要整整一個星期到學校受罪了。他躺在牀上，盤算着怎樣才可以不用上學，於是，他就：「唉喲——唉喲……」地叫起來了，波莉姨媽趕快走過來。

「怎麼啦，又有哪裏不舒服了？」

「有一顆牙鬆了，好痛啊！唉喲！」

波莉姨媽叫湯姆張開嘴，果然有一顆門牙快脫落了，她拿來了一根絲線，用鐵鉗夾了一塊燒紅的木炭來！湯姆一見，馬上爬起身，叫道：

「姨媽，我不拔牙了，我還是去上學吧！」

「哦，原來你是想借牙痛不回校，不行！牙要拔，學也要上！」

於是，波莉姨媽用絲線的一頭縛住湯姆的那顆門牙，另一頭則縛在牀柱上，手裏舉起夾着燒紅木炭的鐵鉗，向湯姆臉上突然一伸，湯姆趕快將頭向後一避，那顆牙齒就被拔下來了，而波莉姨媽，也就挫敗了湯姆一次企圖不上學的陰謀。

在回校的路上，湯姆碰見了哈克，他是一個酒鬼的兒子。他經常穿着大人丟棄的破衣服，所以，上衣拖到腳跟，簡直可以不用穿褲，而褲呢，束到心口上，褲襠卻長過膝頭，頭上戴一頂破草帽，腳上套一雙大破鞋，或者乾脆什麼也不穿。大人們個個都不喜歡他，也不許自己的孩子和他接近，但小孩子們卻很想和他玩，並且很羨慕他不用上學、沒有大人管束的

生活。

湯姆看見哈克手裏提着一隻死貓，就好奇地問：

「你拿這隻死貓做什麼用啊？」

「醫疹子。」

「醫疹子？怎麼醫法？」湯姆更感到好奇了。

知識泉

疹子：皮膚上小小的隆起物，多由於皮膚表層發炎引致，略呈圓形，沒有固定的顏色。

「你拿了死貓，在半夜前跑到墳場，最好找一個剛埋不久的墳墓，到半夜，這個新鬼就會爬起來和別的鬼聚會，不過你不一定看得見，大概只能聽到一陣風聲。

「等風聲過後，你就將死貓扔過去，嘴裏還要說：『鬼帶着屍，貓跟着鬼，疹子跟着貓，快從我身上跑掉！』那麼，疹子就可以治好了！」

湯姆聽着，眼睛瞪得大大的，他非去試試不可了：「哈克，你什麼時候去做這件事？我也想去呢！」

「好吧！今晚怎樣？不過，你怕不怕啊？」哈克

問道。

「不怕！我天生就是不怕黑、不怕鬼的！」

「好，一言為定！」哈克同意了。

他們約定在晚上十時左右，由哈克到湯姆屋後窗下學貓叫，湯姆就爬窗出來一起去。

當湯姆跑到學校，已經上課了，他想悄悄地坐到自己的座位上，可是，老師早就發覺了：

「湯姆，為什麼又遲到了？」

知識泉

藍眼睛：眼球內的虹彩部分，不同的人種有不同的顏色，黃種人，多呈咖黑色，白種人則有多種顏色，例如藍、綠或咖黑。

湯姆正想找些理由來掩飾過去，可就在這時，他發現班裏新來了一個漂亮的女孩子，她有一雙可愛的藍眼睛，有兩條黃頭髮編成的辮子，身上穿着白色的夏季上裝和繡花的裙子，她旁邊，還有一個空位子呢！湯姆立即就打定了一個新主意。

「我跟哈克玩了一會兒。」

「什麼！你竟跟這樣的壞孩子玩而遲到！過來，攤開手板，你要受到嚴厲的懲罰！」

　　老師拿起教鞭，啪啪啪一連十幾下打在湯姆的小手板上，然後，作為一次警告，罰他與女孩子坐在一起——就坐在新來的女孩子旁邊。

　　這正是湯姆的目的，他根本就不在乎打手板呢！趁老師講課時，湯姆拿起筆，在練習本上畫起畫來。小女孩起初還很認真聽課，可是後來，看湯姆在不停地畫，終於忍不住了：

　　「你在畫什麼，能讓我看看嗎？」

　　湯姆把畫給她看，原來畫的是一幢小房子。

　　「啊！畫得多麼好看，你能教我畫嗎？」

　　「當然可以，下課後教你吧！你叫什麼名字？」

　　「我叫貝蒂，你呢？」

　　「我叫湯姆。」

　　下課後，等大家都走了，湯姆就和貝蒂留下來，一起畫畫了。他們畫了房子、畫了小橋、畫了大山，總之，畫了很多。然後，就開始講其他的事了。

　　「你看過馬戲嗎？」湯姆問貝蒂。

　　「我看過，我爸爸說我要是乖的話，他還要帶我

再去哩。」

「我也看過三四次了。每次都有很多新節目，我最喜歡那個小丑了，我長大後也要去當小丑。」湯姆答道。

「那真是好啊！我可以經常看馬戲了。不過，湯姆，你能答應我，除了我以外，不帶別的女孩子看馬戲嗎？」

「當然可以，就是艾美我也不帶——」

湯姆一説到這裏，看見貝蒂瞪大了雙眼，知道自己説漏了嘴。艾美是和湯姆最要好的女孩子，不過，湯姆見到貝蒂後，已打算忘記她了。

「哼！原來你已經有艾美了！」

貝蒂哭了起來。湯姆慌了，他連忙安慰貝蒂：

「我已經不跟她好了，我答應你不再睬她，我只跟你好！」

「我不聽！你騙我的，我不想再見到你！」

貝蒂推開湯姆，哭着跑走了。

湯姆頓時覺得像丟失了什麼寶貝，認識貝蒂還不到幾個小時，就已經鬧翻了。整天他都無精打采，波莉姨媽還以為他真是病了呢。

❮ 二、發生命案 ❯

這天晚上，湯姆躺在牀上，心裏總想着貝蒂，翻來覆去睡不着，突然，聽見窗外有幾聲貓叫，他才記起原來是哈克在約他，於是，他連忙悄悄地爬出窗口，和哈克一起向墳場走去，心裏邊，早已將貝蒂忘記了。

知識泉

貓頭鷹：貓頭鷹又名梟，種類有十多種。肉食鳥類，有強力的嘴和爪，捉到小的動物，像松鼠、小兔、青蛙等，便整個吞下。牠們擅長捉田鼠，對農民幫助很大。

兩個孩子到了墳場，這時，一陣陣微風吹得樹葉沙沙地響，遠處，一隻貓頭鷹咕咕地叫，周圍一片漆黑，氣氛很恐怖。他們膽戰心驚地挨在一起，走到那座新墳後，在一叢草堆旁躲了起來。這時，鎮裏教堂的大鐘敲了十二下，他們頓時感到心在直跳，渾身抖瑟，頭皮發麻。

「哈克，你害怕嗎？」湯姆悄聲地問。

「啊，是的，我真後悔不該來。我們不要説話了，不然，鬼就會聽見的。」

可是，過了一會兒，湯姆還是忍不住，總想找些話來説，來減少心頭的恐懼：

「鬼魂出來時，怎樣才知道啊？」

「那時候，風會叫，樹枝也會動的。」

兩個孩子的頭又靠在一起，幾乎停止了呼吸。突然，遠處傳來了一陣響聲。

「瞧！你瞧那兒！」湯姆緊緊地抱着哈克，悄悄地説。「那是什麼？」

「噓——，」哈克也緊抱着湯姆，「那是鬼火，啊！太可怕了。」

這時，聲音越來越近了，他們也漸漸看到，有幾個模糊的影子從黑暗中走過來，手裏擺動着一隻燈籠。

「那就是鬼，沒錯，一共三

知識泉

鬼火：鬼火：在夜間所見原因不明的怪火，古時的人以為是鬼火，現代的科學家認為是磷作怪。把白磷與濃的氫氧化鉀溶液混和後加熱，會冒出氣泡，在黑暗中形成亮圈，飄浮在空中，這是磷化氫在空氣中能自燃的緣故。人和動物的身體含有很多磷，死後腐爛生成磷化氫，就是製造所謂鬼火的「原料」。

個。唉呀，我們沒命了！湯姆，我喊一、二、三，大家一起跑，看能不能逃走吧！」哈克像是用盡最後一口氣説。

「等等，他們好像是人。沒錯，是人，不是鬼呀！一個是老酒鬼波特，一個是小偷喬埃，咦，怎麼，魯賓遜醫生也和他們在一起？」

「那我們可以放心了，不過，他們在這墳場幹什麼呢？他們拿着鐵鏟，要幹什麼？」

這三個人一直走到那座新墳前，波特和喬埃兩人就挖起墳來，醫生則舉着燈籠給他們照明。他們挖了不久，就挖到棺材了，他們將棺材抬出來，放到地上，然後，撬開棺蓋，將屍體綁在一副擔架上，又再蓋上一張被單。

「醫生，現在我們照你的吩咐辦妥了，你必須再拿五

塊錢給我們才是！」老波特説。

「對，對，應該加錢！」喬埃附和着。

「怎麼？」醫生説，「我們原先講好的，而且我也已經給過你們錢了！」

「是呀，你還不只已經給過錢呢，」這時候，喬埃走到醫生跟前説。

「五年前，有天晚上，我到你家廚房偷點吃的東西，你把我趕了出來，還罵我是**流氓**[①]。你那該死的父親還把我抓進監牢。我當時就已經發誓，一定要報這個仇。現在機會終於來了，我是不會放過你的！」

説完，他把拳頭伸到醫生面前，威脅着他。醫生被逼急了，一拳把喬埃打倒在地。波特一見這樣，大聲喊道：

「嘿，你竟敢打我的朋友！」他馬上就和醫生扭打起來，借着酒氣，他顯得很勇猛。

喬埃趁機站了起來，他在波特帶來的工具中，

[①]**流氓**：指欺壓良民，橫行無忌的無業遊民。

找到了一把刀子，然後弓着腰站在一邊，等待着下手的機會。這時，醫生猛地推開老波特，順手拿起木頭做的墓牌，一下子打在波特頭上，波特當場給打昏在地。趁醫生一楞時，喬埃馬上抓住這個機會，一步跨上前，把刀子插進了醫生的胸膛，一直插到只剩下刀柄在外。醫生哼了幾聲，身體搖晃了兩下，就倒在了波特身上，鮮血從他胸口湧了出來，流到波特身上，流到了地上。

湯姆和哈克嚇壞了，連大氣也不敢出。

過了一會兒，波特動了幾下，喬埃趕快拔出插在醫生身上的刀，塞到波特的手上。波特呻吟着醒過來了，他一看自己手上拿着的刀，又看見醫生的屍體，他嚇得打了一個冷戰。

「上帝啊！這是怎麼回事啊？」他說。

「你殺了他，你喝醉酒，太衝動了！」喬埃把殺人的事嫁禍到可憐的老波特身上。

「是嗎？是啊，我現在腦子還昏昏沉沉的，不知道自己幹了些什麼。我真不相信自己會殺了他，我可

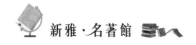

從來沒殺過人啊！」老波特難過得哭了起來。

「現在哭還有什麼用？反正人已經死了！」喬埃冷冷地說。

「喬埃，我也幫過你不少，你不會把這件事向別人講吧？」波特在這狠心的兇手面前跪下來，合着手央求他。

「當然當然，你向來幫我不少忙，我決不會對你不起，我不會說的。」喬埃反而安慰起波特來。

「啊，喬埃，你真是個好人。我得了你這份恩惠，一輩子都要報答你。」可憐的波特竟向這個壞蛋叩起頭。

「算了算了，別再說這些話吧。這不是哭的時候。快走吧！你往那邊走，我往這邊走，可別留下腳印呀。」

波特趕快爬起來跑走了，而喬埃看了看波特留下的刀子，冷笑一聲也走了。

四周又恢復了沉寂，兩個孩子這時才定下神，喘過一口氣來。然後，兩人互相對看了一下，猛地朝鎮

裏飛跑。他們邊跑邊提心吊膽回過頭往後望，好像是害怕有人追似的。附近農舍被驚動的看家狗，汪汪地叫起來，更增加了他們的恐懼。

他們一直跑着，直跑到一處空牛欄前才停下來，然後大聲地喘着氣，讓心跳慢慢恢復正常。

「哈克，你猜這件事最後結果會怎樣？」

「這還用說，兇手是要處**絞刑**①的。」

湯姆想了想，然後問：

「誰去揭露真相呢，我們嗎？」

「你說的什麼話？要是出了什麼意外的事，要是喬埃不被處絞刑，要是他逃走了，哼！那他就遲早會要我們的命，我們都打不過他呀。」

「是呀是呀！」湯姆贊同說。然後，想了一會兒，他又說：

「哈克，這件事誰也不能說出去，你能擔保不說出去嗎？」

---

①**絞刑**：古代死刑之一，用繩子將犯人勒死或吊死。

「那當然囉！要是走漏了風聲，喬埃就會將我倆淹死——就像淹死一對小貓那樣容易！還是讓我們發誓吧！保守秘密。」哈克說。

「好吧！」湯姆贊同說。「可是我們發這個誓，不能光憑口講，還需要寫出來才是。」

哈克說：「我贊成，不過，還是你寫吧，我又不認識字，我相信你。」

湯姆就從地上拾起一塊小小的松木板，從口袋裏掏出一個鉛筆頭，左想右想，然後在上面寫下來一行字：

「哈克和湯姆**發誓**[1]對此事保密，如有洩漏，情願當場倒地而死，讓屍體被野狗吃掉。」

接着，咬破手指頭，擠出一兩滴血，滴在木板上，哈克見後，也照樣做了。他們在牆腳挖了個坑，把木板埋了起來。然後，兩人一起走出來，互相說了句告別的話，就各自回家了。

---

[1] **發誓**：表示誠實不欺的意願。

這時，離天亮只有不多時間了，湯姆從窗口爬回家後，由於太緊張、太刺激了，一直都想着這件事，一閉眼，一會兒就出現醫生那血淋淋的身體，一會兒又出現喬埃那雙可怕的眼睛。直到天亮時，他才昏昏沉沉地睡了。

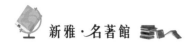

‹ 三、波特被捕 ›

　　將近中午的時候，全鎮都傳遍了那個殺人的可怕消息。下午，學校也為此破例放假了——

　　因為有人被殺，在這小鎮上是件大事呢！

　　有傳聞說，在醫生的屍體旁發現了一把帶血的刀，有人認出了它是波特的。還有人說深夜二時，有一個回家晚的人碰到波特在河裏洗澡，而波特向來都不在河裏洗澡的。有人則說警察局已派人去周圍搜捕波特了，但現在還沒有找到，准是逃跑了。總之，各種傳說紛紛，整個小鎮都被轟動了。

　　全鎮的人都像潮水一樣向墳場湧去，湯姆也不由自主地跟着人羣走。他到了那個可怕的地方，就把身體拚命向前擠，他終於看見因晚上太黑而看不清的恐怖現場了。

　　這時，有人在他手臂上揑了一下，他回頭一看，

原來是哈克，大家互相使了個眼色，便連忙將頭扭開，唯恐別人會看穿他們之間的秘密。

「這個可憐的醫生！」「他為什麼要盜墓呢？這對盜墓者真是一個最好的教訓！」「如果抓住波特，一定要給他處絞刑！」人們在七嘴八舌地議論着。

忽然，湯姆從頭到腳都感到發抖了，因為他看見了喬埃那副冷冰冰的臉孔。正在這時，人們開始湧上前，有人在大聲喊：

「就是他！就是他！波特他自己走來了！」

「快抓住他，可別讓他跑走了！」

站在高處的人則說，波特並不打算逃跑，他只是有些慌張。

這時，人羣往兩邊讓路，一個警察抓住了波特的手臂，一直拖到醫生的屍體旁邊。可憐的老波特臉色蒼白，眼睛裏充滿恐懼的神色，好像中風似地直發抖，他雙手蒙着臉，突然哭了起來。

知識泉

中風：由於腦血管破裂或栓塞，引致身體一側突然產生麻痺或半身不遂的症狀。高血壓、大腦動脈硬化或心臟病等病症，都可能引起中風。

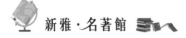

「不是我幹的，鄉親們！」他哭着說，「我發誓，我決沒有殺他，我不知道這是怎麼一回事。」突然，他一下子看見了喬埃，於是大聲喊道：

「啊，喬埃，你可以證明啊！你答應決不說⋯⋯」

「這是你的刀子嗎？」警察將那把帶血的刀遞到波特面前。

「唉呀，這下可完了，我本該早想到的，我應該回來拿走的，」他哆嗦着，一下子癱到地上，絕望地說：「跟他們說吧，喬埃，跟他們

湯姆歷險記

講清楚吧——

反正再也瞞不住
了!」

　　於是湯姆和哈克目瞪口呆
地站在那裏,聽着喬埃這個殺
人犯滔滔不絕地說,說了一大堆
謊話。

　　當時,他們真希望老天有眼,會響起一個大
雷,將這個殺人的騙子劈死!可是天上什麼也沒
有發生。喬埃講完後,警察在記錄紙上讓他簽上名
字,然後就將波特帶走了。他們將波特鎖在一座裝着
鐵柵門的房子裏,準備過一段時間,公開審訊
後就將他處以絞刑。

　　從這天起,湯姆就被這
可怕的秘密困擾着,他的

知識泉

雷:雲由小水滴組成,
每個小水滴都帶有正電和
負電,當雲裏的電荷越積
越多,正負電互相吸引便
會放電(閃電),因而激
盪空氣,產生巨響,就是
打雷。

良心也受到折磨，因為他不敢站出來，不敢揭發喬埃。所以，他一連好幾晚都難入睡，就算睡着了，也經常發惡夢。

有一天吃早飯時，波莉姨媽問他：「湯姆，你夜裏睡覺時翻來覆去，總是在說夢話，有時甚至在大聲喊叫，你到底有什麼心事啊？」

湯姆臉色發白，眼睛都不敢往上看。

「你還喊什麼：『那是血，是血呀！』呢！」

「沒什麼，我不知道自己夢見什麼。」湯姆支吾着回答。

「唉！準是那個嚇人的殺人案子。我也差不多晚晚都夢見這件事。有時我夢見竟是我殺的，有時卻夢見自己被人殺死！」幸好，波莉姨媽的一番話，不知不覺給湯姆解了圍。

但湯姆從此以後，好像對什麼事也不感興趣。回到學校裏，貝蒂也不理睬他，他就更加提不起精神了。整天都不出聲，經常獨自一人，在一邊坐着想心

事，和以前相比，簡直成了兩個人。

　　波莉姨媽看見這情景，很是着急，認為湯姆是**中邪**①了，又說湯姆的神經有問題。於是，拿來一大堆藥，從各種書本上學到不少療法，都在湯姆身上試用，可湯姆的情況總是不見好轉。

　　這天，波莉姨媽又不知從什麼地方打聽到，有一種藥可以除煩解悶，於是，她立即買上幾瓶回家，便逼着湯姆吃了。

　　湯姆用舌頭舐了一下，覺得很辣，他不想喝，便對姨媽說：

　　「我想在睡覺前才喝，這樣就可以睡得好些了。」

　　「那好吧！可是你一定要喝啊！明天我要檢查的。」波莉姨媽同意了。

　　到了晚上，湯姆拿出藥，正想往地板的裂縫上倒

---

①**中邪**：受到妖異的侵害和影響。

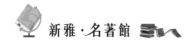

時，家裏的小貓走過來了。

「怎麼，你也想試試嗎？」湯姆問道。

小貓「咪咪」地叫着，像是同意了。

於是，湯姆倒出一匙子藥水，撬開小貓的嘴巴，把藥水灌了下去。沒想到，小貓一下子在空中跳了幾呎高，然後發出一陣狂叫，在屋子裏亂撞起來，把傢具撞到砰砰響，又將花盆碰到地上，最後大叫着逃出窗外。

波莉姨媽進來一看，只見湯姆躺在地上，笑到打滾呢！

「湯姆，貓咪出什麼事了？」

「我不知道啊，也許牠高興時就會這樣呢！」湯姆一邊笑，一邊喘着氣回答。

「可是牠有什麼值得高興的事呢？」

波莉姨媽沒有上這個當，她東看看，西看看，又抬頭瞧，又低頭找，終於在地上發現了那把湯匙，聞一聞，還有那股藥味呢！

「湯姆，你竟敢這樣對付那個可憐的小畜牲！牠沒有開罪你，你的心真夠狠呀！」

波莉姨媽光起了火，湯姆的屁股自然就免不了一頓痛打，以至他開始恨起姨媽來了。

⟨ 四、學做海盜 ⟩

由於被內心的痛苦折磨着，加上又認為波莉姨媽不再疼愛他了，湯姆感到很憂鬱和絕望。他覺得自己是一個被人拋棄的、沒有人理解的孩子，得不到人家的同情，也沒有誰來可憐和安慰他。因此，他決定要離開大家，要離家出走，去過那令人嚮往已久的海盜生活。

知識泉

海盜：在海上搶掠船隻、殺戮擄人的盜賊。四千年前，地中海開始有商船行駛時，便有海盜出現；西元1500年至1800年，是海盜活動最頻密的時期。

可是後來他一想，只是一個人當海盜，太孤單寂寞了，而且，打家劫舍也不夠力量。於是，他想到他的同桌好友、也是知心朋友赫波了。趁學校下課時，他向赫波講起了自己的這個想法。

沒想到赫波也早有這個打算，原來他的母親怪他偷喝了一碗牛奶，把他打了一頓，其實他根本就沒有嘗過。所以，他認為母親是討厭他，要找藉口將他趕

走。既然如此，他只好順她的意，一走了之。於是，兩個孩子一拍即合，並開始擬訂起計劃來。

這時候，他們想到了哈克，就又找到他，邀請他加入這個海盜幫。哈克很爽快地答應了，因為無論什麼生活對他都是一樣的，他都不在乎，而且，他更喜歡冒險的生活。

在小鎮下游幾里的地方，大河中央有一個約一平方公里面積、長滿樹木的小島，島的四周都是很淺的沙灘，真是一個很好的秘密聚會地方。島上沒有人居住，河兩岸也只是樹林和大路，駐紮在島上，是不會有人發現的。於是，三個孩子就決定在那個島上安營紮寨，並着手做起各種準備了。

他們打算在小鎮上游的一個僻靜地方會合，帶上他們用最秘密的方法、偷來了海盜要用的東西，然後再將停在那裏的一隻小木筏划走。至於如何當海盜，如何搶劫來往的船隻，他們則從沒有考慮過。因為實際上，他們還未見過海盜，也不知海盜是幹什麼的，只是以前聽過大人說說而已。

這天下午，他們還散布了一個消息，說是鎮上不

久就會「聽到一個新聞」，凡是得到這個暗示的人，都會被告知「別出聲，別提問，以後就會知這是什麼回事。」

大約在半夜，湯姆帶着一隻熟火腿和幾件小物品，悄悄從房間的窗口爬出去。他沒有告訴波莉姨媽，因為她一知道，這海盜就做不成了。他獨自走着，來到了約定的地方。這天夜裏，星光燦爛，四周非常清靜，大河也是靜靜地躺着，沒有船經過。他吹了一聲口哨，立刻附近就有人也吹口哨回應。然後，有一個很警惕的聲音在發問：

「來者何人？」

「黑衣大俠湯姆。你等姓甚名誰？」

「血手大盜哈克，海上霸王赫波。」這幾個頭銜是湯姆從小說中找出來自封的。

知識泉

火腿：中國人製火腿，主要用鹽醃製新鮮的豬腿。外國人製火腿，多半是將醃肉的滷汁注射到整理好的豬腿肉裏，再浸入醃滷內。經過一段時間後，拿出來洗淨、整形、乾燥，再移到燻煙室去燻，煮熟，便大功告成。

大河：指密西西比河。它是世界上最大的河流之一，把它的最長支流密蘇里河算在一起，共有六千一百多公里。印第安人叫它「大河」或「河流之父」。

「好。且將口令道來。」

兩個低壓了的聲音，一齊喊出一個可怕而有力的字：「血！」

於是，三個小海盜聚合了。海上霸王帶來了一大塊鹹肉，血手大盜偷來了一隻小鍋，並且還帶了一些麵包來。

他們隨即找到了木筏，撐着離開了岸邊。由於大河是順水往下流的，所以大家都沒怎麼費力就可以撐了。湯姆這個海盜首領自然就是船長了，他站在船中間，兩臂交叉在胸前，嘴裏不停地發出低沉有力的命令，兩個小助手則賣命地左右忙着。

不知過了多久，木筏終於在那個島後面的沙灘上擱淺了，他們把帶來的東西搬到岸上。小木筏原來有一大塊舊帆布，他們也把它取出來，然後在島上的樹林中，找個隱蔽的地方，把帆布支撐起來，成為一個帳篷，這就是海盜的營地了。

知識泉

木筏：將許多木材編紮在一起，浮在水面上以載物或載人。

帆布：用棉麻織成的厚布，質料粗韌，堅固耐用。可以用來做船帆、書包、帳棚等。

帳篷：用布或皮革覆蓋在木製支架上，造成一個臨時居住或使用的地方。例如露營的帳篷、容納馬戲表演的帳篷。

　　從現在起，他們就是不折不扣的海盜了！就要過那冒險而又刺激的生活了！再也沒有大人可以管束他們了！三個孩子興奮得大嚷大叫，又蹦又跳，並且自演了一場海盜格鬥的遊戲。

　　他們玩到累了，才躺下休息了一會。這時，天也快亮了。他們在附近拾了些枯樹枝樹葉，點起了一堆火，又再架上小鍋，煮熟了一點鹹肉，用麪包夾着吃了。這真是一頓豐盛的早餐啊！他們吃得飽飽的，然後就在草地上心滿意足地躺下來了。

　　「真開心！」赫波說。

　　「是呀，真是妙極了！其他人要是能看見我們，肯定會羨慕死了！」湯姆也十分高興。

　　「我也這樣認為，誰不想過這種無拘無束的生活呢？」哈克也十分贊同他倆的看法。

　　「我就是喜歡這樣的生活，」湯姆說。「你不必每天一早就爬起牀，也不用上學，甚至不用被大人逼着去洗臉刷牙。你什麼事都可以不做，你願意睡多久就多久。我們在家時哪能夠這樣做呢？」

「是啊，是啊！」赫波和哈克也深有同感。

「海盜們都幹些什麼呢？」哈克問道。

「嗯——」湯姆極力回憶着，「聽大人講，他們搶人家的船，然後把船燒掉，將搶走的錢財找個最秘密的地方埋起來，還會指使一些鬼怪去看守。他們還將抓到的人綁起來，蒙上眼睛，扔到大海去餵魚。」

「他們搶到女人是不殺頭的，用來留着做壓寨夫人呢！」赫波補充說。

「對了，他們都穿得很漂亮，用金銀珠寶掛滿全身，走起路來叮叮噹噹響，真威風！」湯姆又補充說。

「可是我穿得這樣破爛，真不像個海盜啊！」哈克感到很難受。

於是湯姆和赫波就安慰哈克，說現在還剛開始，等以後發了財，就可以穿得很好了。

他們談着談着，由於忙了一個晚上，大家都很累了，就漸漸地都睡着了。

湯姆一覺醒來，已是中午了。這時，島上很安

靜,只有幾隻小鳥在叫,陽光透過樹葉照在草地上,
周圍都給曬得暖烘烘的。

　　湯姆把另外兩個小海盜叫醒,然後就一起脫光
了衣服,在沙灘上互相追逐玩耍。這時,他們看見那
隻小木筏早已被水沖遠了,不過,他們並不覺得可
惜,因為他們早就立下決心不再回去了。

　　他們玩夠以後,就一起作探險旅行。走了一會
兒,在附近發現了一處清涼的泉水,他們就用樹葉做
成杯子,盛起來喝了,覺得比家裏的白開水不知
要清甜多少倍。他們繼續走着,到了河

邊的一個灣子裏，看見不少魚在游動，於是就用帶來的魚線去釣魚。結果喜出望外，一會兒就釣到幾條不算小的魚，已足夠三個人吃一頓的了。

他們馬上返回營地，重新點起火，就把魚和鹹肉一起煎來吃。在他們看來，從來就沒有吃過這麼新鮮美味的魚呢！

三個小海盜吃完午飯後，又繼續上路了。不到一會兒，他們已經走遍了整個小島。與鎮裏熱鬧的氣氛、大人小孩的嘈吵聲對比，這個小島顯得格外寂靜，甚至還帶有陰森森的可怕感覺呢！他們開始覺得有點不自在了，覺得過於寂寞了，而且，各種能夠玩得起來的遊戲也都玩盡了——由於他們不可能帶什麼玩具來，所以能玩的節目有限。雖然出走的時間還不足一天，他們已經開始想家了。

這時候，從村鎮的方向突然傳來一陣沉濁的轟隆聲。

「這是什麼聲音？」赫波小聲地問。

「我們去看看吧，」湯姆說。

他們馬上跑起來，到面對鎮的岸邊，然後撥開了河邊的矮樹，偷偷往水面望去。只見那小渡輪大約在村鎮下游約一里的地方，隨着河水往下漂流。船上好像站滿了人，另外有許多小船在渡輪附近划來划去，好像是在找什麼東西。這時，渡輪上升起了一股白煙，接着，那個沉濁的轟隆聲又傳到了三個孩子的耳朵裏。

「哎呀，我知道了！」湯姆喊道，「有人淹死了！」

「不錯，」哈克說，「去年夏天比爾淹死的時候，他們也是這樣做的。他們往水面上放炮，那樣就可以讓屍體浮到水面上來了。」

「是呀，」赫波也說起來，「他們還會拿一個大麵包扔到水面上，麵包浮到淹死人的地方，就會停住不動了。這時，人們就下水打撈死屍了。」

「可是今天死的是誰呢？」哈克問道，但大家都不知道。

他們看着看着，突然，湯姆心裏恍然大悟，他大聲喊起來：

「伙計們，我知道是誰淹死了——就是我們啊！」

另外兩個小海盜立即同意了這個看法。

頓時，他們覺得自己好像成了**英雄**[①]，這可是個了不起的勝利啊！可見有人是想念他們的，有人在哀悼他們，有人為他們傷心流淚痛哭。而且，他們一定成了全鎮人議論的話題，別的孩子也會羨慕他們的。

他們在一起談論着，一起想像着，心裏面感到無比自豪。歸根到底，當個海盜還是值得的。一想到這些，他們也就暫時將想家的念頭拋在一邊了。

天色漸漸黑下來了，渡船就回去繼續幹那過渡的工作，那些小船也撐走了，三個小海盜也就返回了營地。

他們又釣了一些魚，當作晚飯吃了，然後圍住火

---

①**英雄**：有英勇事跡而受大眾所敬仰的人。或是才能出眾，勇武過人的人。

堆，一起來猜想鎮上的人將會怎樣說，家裏的人將會怎樣焦急，大家傷心難過的樣子會是怎樣的。他們邊講邊模仿一番，個個得意到極點。

可是，當夜幕降臨後，周圍更加寂靜時，他們漸漸停住了談話，開始各自想起心事來。實際上，他們都很清楚家裏人的焦急心情的，也很擔心有誰會急出病來，而自己卻覺得這很有趣，真是不應該！

於是，他們開始難受起來，漸漸覺得煩惱和不安。後來，赫波轉彎抹角地試探起湯姆和哈克，問海盜是否經常回家的。哈克沒有回答，而湯姆則嘲笑了赫波一番，赫波只好一再辯明自己決沒有**開小差**[①]的意思。

夜越來越黑了，哈克開始打起瞌睡，隨即睡着了，赫波也很快就進入了夢鄉。湯姆呢，卻躺在地上想着。他忽然萌發了一個念頭，要回去偷偷看一下，看大人們是怎樣談論他們的。

[①]**開小差**：軍人私自脫離隊伍逃走。亦用以指一般人私自逃跑、離開。

他輕手輕腳地爬起身，在草地上找尋着，終於找到了幾塊洋梧桐樹的樹皮，最後選中了兩塊。然後，他跪在火堆旁，掏出那個小鉛筆頭，在兩塊樹皮上分別寫上幾行字。

湯姆寫完後，把其中一塊捲好，放進胸前的衣袋裏，另一塊則放在哈克的破草帽裏，再在上面放上一些小孩子的無價之寶——一枝粉筆、一隻小橡皮球、三個魚鈎和一顆漂亮的玻璃彈子。然後，踮着腳尖悄悄地離開了。

‹ 五、回家探望 ›

幾分鐘後，湯姆就走到沙灘上，向河對岸走去，河水漸漸浸到他的腰，這時他已經走到河中間，於是他就開始游起來，不一會兒，他已經游到了對岸，他摸了摸口袋，知道那塊樹皮還在裏面，就放心地向**渡口**①走去。

這時，渡船還未開出，他悄悄地爬上船尾，在救生艇上躺下來。一會兒，船就開動了，朝村鎮的方向前進。過了幾十分鐘，渡船靠岸了，他悄悄地從小艇上溜下水，在黑暗中沿岸邊游着，以避免被人發現，游了幾十碼後，他就上岸了。

他飛快地穿過一些僻靜的小巷，不久就到了自己家的後圍牆下面。他小心地爬過圍牆，向屋裏面望去。這時，雖然已是晚上十一時多了，但姨媽的睡房

---

①**渡口**：渡頭。船隻過河的地方。

裏還亮着燈。

他看見波莉姨媽和赫波的母親，以及其他一些人正坐在一起談話。

「剛才我講過，」他聽見波莉姨媽說。「他並不算壞，只是太頑皮了，還有點冒失。不過，這不能怪他，他還只是一個小孩子哩。他可從來沒有做什麼壞事，我從來還未見過這麼好心腸的孩子呀！」姨媽說着說着竟哭了起來。

「我的赫波也是這樣，總是很頑皮，但他一點也不自私，脾氣也不錯。唉！想起來多不應該啊，我冤枉他偷喝了牛奶，還打了他幾下，可我卻忘記了是自己將牛奶倒掉的——因為它已經變質了。沒想到他竟這樣看不開。我永遠都看不見他了，我真後悔啊！」赫波的媽媽哭得更加傷心了。

「是啊，我們再也見不到這幾個孩子了！」波莉姨媽真是傷心極了，「那天，他給小貓灌藥吃，我打了他幾下屁股，他就受不了那委屈了。其實，他只是和小貓鬧着玩，我也不必太認真的，沒想到這孩子的自尊心那麼強！」

於是，大家又都抱着痛哭起來。一邊哭，一邊還在回憶起他們的往事。在大人們看來，這些事情都是美好的，即使一些壞事，也被説成是不小心或無意造成的，甚至是好心辦壞事。

湯姆聽着看着，感到鼻子直發酸，眼淚也開始流出來，他盡了很大的努力，才抑制住自己要衝進去的想法。

這時，他又聽見姨媽説，他們一定是淹死了，雖然還打撈不到屍體，但一定是給河水沖走了。他又聽見説，現在已是星期三，要是這星期內還得不到消息，就在星期天上午舉行喪禮。聽到這些話，湯姆感到發抖了。

接着，赫波的母親及其他人帶着哭聲站起來，告別姨媽後就走了。而波莉姨媽則跪在地上，虔誠地祈禱着，祈求上帝保祐湯姆平安無事，早日歸來。湯姆看着這非常動人的情景，激動得淚流滿面。不過，他最終還是下定決心，要往回走了。他摸了摸口袋的那塊樹皮，想了一下，就踏上返回島上的路。

湯姆走到了渡口，這時渡輪上早就沒有人了。他

爬了上船，解開了救生艇的繩子，然後划着小艇去對岸。他很靈巧而拚命地划着，過了一段時間就到了對岸，他找了個地方綁好小艇後，就往下游走去，當走到原來他上岸的地方，他就開始下水游向小島，沿原路返回營地。

這時，天色已開始亮了。湯姆還沒有返到營地，老遠就聽見赫波在説：「不！湯姆是最講信用的，他一定會回來的，他決不會半途逃跑的。他知道逃跑行為是海盜最憎恨的，是最可恥的。他一定是又有什麼好主意了，可是他究竟幹什麼去了呢？」

「不管怎樣，這幾樣東西總是歸我們了，是不是？」

「是的，可還説不定。他在上面寫着：如果吃早飯時他還沒回來，這些東西就給我們。」

「可是他偏偏及時趕回來了！」湯姆大聲喊着，神氣十足地返回了營地。

隨後就擺開了鹹肉和鮮魚的豐盛早餐。湯姆邊吃邊敍述了他回家的經歷，並且講得有聲有色，更增加了大家的食慾。故事講完後，他們都洋洋得意，自

命不凡的覺得自己成了一伙英雄。然後，湯姆就找了個陰涼僻靜的地方，一直睡到中午，而另外兩個小海盜，就出發去釣魚和繼續偵察地形，以及準備他們的中午飯了。

午飯後，他們全體都到沙灘上去找烏龜蛋。他們到處搜尋，把樹枝伸進沙裏，一碰到鬆軟的地方，就跪下來，用手去挖。有時候，他們從一個洞裏就掏出二三十個小龜蛋來。

他們又在樹林裏到處亂鑽，眼睛向樹上搜索着，一發現有鳥窩，就爬上去，看有沒有鳥蛋。不管樹有多高，樹枝多細小，他們都不怕，因為他們從來就是爬樹的高手。找了一個下午，也收穫到幾十隻鳥蛋。

當天晚上，他們就吃了一頓美味的煎蛋，星期五早上又再享受了一次。

知識泉

龜蛋：龜是卵生動物。無論陸龜或海龜，都會把蛋產在陸地上的沙或枯葉堆中，藉陽光或枯葉腐化時產生的熱來把卵孵化。不同類的龜產卵的數目不同，有的一次生十幾枚，有的生幾十枚。

鳥窩：鳥類築窩比孵育幼鳥，多半築在樹枝上、地洞裏、岩壁的縫隙或離島上。有的像杯子、有的像盤子，一般是用枯枝、樹葉、草混合着唾液把材料黏牢，成為雀巢。

他們吃過早飯，就大喊大叫、興高采烈地跑到沙灘上，脫光身上的衣服，互相追逐着打水仗。有時則走到河裏，平躺在水面上，一動也不動，讓流水將他們沖向下游，然後再爬起來，走到岸邊。當玩得累時，他們就躺在沙灘上，用沙子把身體蓋起來，只剩得頭部在外面。他們就這樣盡興地玩着。

可是不久後，赫波的**情緒**①就顯得很低落，他太想家了，連眼淚也差點流了出來。哈克也變得很憂鬱。湯姆呢，雖然也覺得無精打采，但作為一個海盜頭子，他總得要想辦法讓大家高興起來。他終於想到了一個好主意：

「喂，朋友們，我認為這個島上肯定住過海盜。他們一定在什麼地方藏下了財寶，我們不妨一起去找找看？」

可是，這個提議得不到兩個部下的響應，他們都不出聲，懶得回答。

「我想，我們還是不做海盜了吧。我要回家去。

---

① **情緒**：指一種心情、心境。也可以指一種情感。

這實在太寂寞了。」赫波吞吞吐吐地説。

「啊，別這麼想，赫波，一會兒你就會覺得高興的了，」湯姆説。「你想想這裏釣魚多麼好玩啊，還有，哪兒能找到這麼好的沙灘泳場呢！」

「我不喜歡釣魚，游泳也沒意思。當沒有人説不許我下水時，我就好像覺得游泳不稀罕了。我還是要回家去。」赫波都快要哭出聲了。

「好哇！你是想回去找媽媽了，你走吧！真是個不懂事的小孩子！你走，讓我和哈克留下來。哈克，你肯定是喜歡這裏的，是嗎？」

「唔，是的，」可是哈克説得一點也不乾脆。

「既然你們都不喜歡我，我再也不和你們講話了。」赫波站起來，向營地走去了。

這時，哈克再也忍不住了，他低着頭説：

「湯姆，我也想回去。本來就已經夠寂寞的了，赫波一走，就更難過了。」

「好吧，你們都走！反正我是不會走的，我一個人留下來，我什麼也不怕！」

　　湯姆氣憤極了，望着兩個小伙伴漸漸遠去的背影，他對這種背叛行為感到憤慨，覺得可恥。慢慢地，他平靜了下來，他不願這樣結束海盜生活，垂頭喪氣地回去，像打了敗仗一樣，這會在其他孩子面前永遠抬不起頭的。

　　可是，有什麼辦法能讓他們回心轉意呢？湯姆緊張地開動腦筋。他就是這樣，越是緊張，思路就越快，主意也就越多。終於，他想到了一個好主意，這真是一個絕妙的主意啊！湯姆自己都禁不住叫好，他想哈克和赫波也會拍手稱讚的。於是，他趕快跑過去叫住了他們。

　　湯姆急不及待地向他們講出那個主意，他們聽着聽着，臉上漸漸露出了微笑，到最後，竟然歡呼起來，大聲叫好。赫波甚至提議要好好地慶祝一番。

　　三個小海盜馬上返回營地，手動腳快地弄好了一頓豐盛的午餐，是龜蛋、鳥蛋加鮮魚。他們暢快地吃個乾淨——他們的胃口從來沒有這麼好。

　　睡過中午覺後，他們就出發了，這次目的是要在

島上尋寶尋找海盜埋下來的寶藏。可是找了整整一個下午，也沒有發現什麼可疑的地方，譬如有挖過的痕跡啊，有些石頭奇怪地堆在一起啊，有些地方沒有樹和不長草等。但他們沒有氣餒，因為他們都被那個了不起的計劃鼓舞着。

他們煮熱了帶來的火腿、鹹肉，當作晚飯吃完後，又坐在火堆旁，東拉西扯、天南地北地講起一些傳聞。然後，又各自去睡覺了。

大約在半夜，赫波醒過來，感到空氣很悶熱，四周圍連一絲風也沒有，他預感到天要下雨了，便連忙叫起兩個同伴。

過了一會兒，天空中來了一道閃光，剎那間把周圍照得明亮，緊接着，又響起一聲很大的雷。然後，閃電和雷聲互相交替地出現。這三個孩子從來就沒有在野外經歷過這樣的場面，因此都嚇得互相抱作一團。這時，雨點也啪噠啪噠地落在樹葉上。

「快，快到帳篷裏去！」湯姆大聲喊。

他們趕快跑進那座用作倉庫的帳篷裏。

這時，雨越下越大了，閃電和雷聲也不時出現，接着，風也颳起來了，越來越大的狂風幾次都要掀走帳篷，三個孩子只得冒着傾盆大雨，跑出去拉住綁帳篷的繩子，以免得帳篷被大風颳走。

狂風大雨更增加了他們的恐懼感，因為在傳說中，鬼怪是在這個時候出現、並殘害生靈的。幸好，在閃電中看不見鬼怪那可怕的模樣，大雨也漸漸停了。

三個小海盜拼搏了半夜，渾身都濕透了。於是，他們又再到處尋找，找些未被淋濕的枯樹枝葉，重新點起了火堆，圍在一起烘乾衣服。

這一夜他們可是沒有睡好，所以，當白天到來時，他們就找時間補眠。

然後，又是照例去尋找食物煮來吃，吃完又再玩遊戲，等等。星期六這天，就這樣度過了。

⟨ 六、勝利歸來 ⟩

　　星期天到了。這天，教堂的鐘不像平日那麼響，而是緩緩地發出報喪的聲音。整個小鎮也顯得非常清靜，人們開始慢慢地向教堂走去，個個都是那麼嚴肅沉默，不少人臉上還流露出悲傷的神情。原來，他們是到教堂為湯姆、哈克和赫波三個小英雄舉行喪禮。

　　當人們在教堂坐下時，波莉姨媽、赫波的母親以及三個孩子的其他親屬進來了，他們個個都穿着黑色的喪服。於是，人們都帶着敬意站起來，讓送喪者坐到前排的座位上。

　　這時，牧師把雙手往兩邊攤開，做了禱告。然後，大家唱了一首動人的聖歌。

　　在喪禮進行的過程中，牧師把這三個死去的孩子稱讚了一番，他有聲有色地敘述了他們討人喜歡的行為，以及他們那充滿希望的前途。牧師的話是那麼動聽，以至在場的每一個人都認為他講得很對，也使他

們感到很內疚，因為從前大家只是看到這幾個孩子的過錯。

　　牧師還回憶起死者生前的許多動人事跡。這些以前的平凡小事，如今在大家看來，都是多麼令人感動，孩子們又是多麼可愛。牧師那充滿感情的演講，使到在場的所有人都流下了熱淚。

　　接着，莊嚴肅穆的**哀樂**[1]響起來了。可正在這時，教堂的大門突然打開了，牧師把浸滿淚水的手帕

①**哀樂**：喪禮中表示哀傷的音樂。

從眼上拿開，抬起那雙紅腫的眼睛一看，竟發出一聲大叫！人們被這叫聲從悲痛中喚醒了，他們順着牧師的眼光，向門口看去，然後，大家幾乎是一致的站起來！

原來，那三個已被宣布死去的孩子出現了！只見湯姆在前，赫波在中間，哈克排最後，三個人正慢慢地從教堂中間的過道走向前。原來，他們一直藏在樓上，已經津津有味地聽了半天，聽了追悼他們自己的布道詞哩！

波莉姨媽、赫渡母親等親友們，一起衝上前，激動地擁抱和親吻這三個已經復活了的英雄，同時在不停地訴說各種懷念之情。以至到後來，弄得三個孩子感到非常難為情。

這時，牧師突然唱起了**讚歌**①：

「感謝主，讚美主！使這三個孩子復活，回到我們中間……。」

於是，大家也跟着齊聲歌頌，在這雄壯的歌聲

---

①**讚歌**：對神讚美的歌曲。又稱讚美歌、讚頌歌。

中，海盜英雄們向四周張望着，看見其他孩子羨慕的眼光，都感到這是自己一生中最得意的時刻。

原來，這就是湯姆那個絕妙的計劃——和他那兩個小海盜兄弟一同回家，參加自己的喪禮！他們在星期六晚上，沿着湯姆回家探望時所走的路線，回到了鎮上，然後溜進教堂，在教堂樓上睡了一夜。

一整天裏，波莉姨媽都對湯姆格外親熱，也分外關心你的需要，話題也特別多。晚飯後，波莉姨媽説：

「唉，湯姆，也許你這次只是一次很善意的玩笑，可是，你讓我受了差不多一個星期的痛苦，你也真夠狠心的。你能夠回家參加自己的喪禮，為什麼就不能過來告訴我你沒有死，讓我放心呢！」

「啊！姨媽，我的確有想過。要知道，我是多麼關心你呀！」湯姆説。

「我不信，你也會關心我？」

「唉呀，是真的！起碼，在小島上睡覺時，我就夢見你很多次呢。」

「是嗎？你夢見我在幹什麼了，你都夢見什麼

啦？」波莉姨媽一定要湯姆講講發夢的內容和情節。

「嗯，讓我想想。隔這麼久，不一定能回想得起來，」湯姆故意**賣個關子**[1]，作出盡力回憶的樣子：「啊，對了！是這樣的，那是一個夜晚，你和赫波的媽媽，還有其他人坐在這兒，在一起談論着我和赫波，因為那時我和赫波已經離家出走了。」

「咦，對呀！你夢見的確是這樣。我們都講些什麼了？」姨媽開始對這個夢感興趣了。

「你説，我並不算壞，只是太頑皮了，還説我心腸好，從來沒有做什麼壞事。」

「是呀！我的確這樣講過，」姨媽被吸引住了，「我還説了什麼？」

「後來，你又説，我灌藥給小貓吃，只是鬧着玩，你不應該太認真。」

「是的，這真是神奇！誰説人不能托夢的，你還夢見什麼？」

「還夢見赫波媽媽説，她錯怪了赫波，因為牛奶

---

①**賣關子**：故意隱瞞事實，引人猜想。

是她自己倒掉的。」

「她是這樣説的，是這樣説的。」

「你們還説要是這星期還得不到消息，就在星期天為我們舉行喪禮。」

波莉姨媽聽到這些，心裏就像吃了蜜糖一樣，高興萬分。她連忙取出一隻大蘋果，説是要獎勵湯姆，因為他實在很關心姨媽。

接着，她匆忙穿上外衣，要去將這個消息告訴赫波母親，因為赫波母親講過不相信夢境，所以姨媽要向她證實，做夢是和現實有很大關係的。然後，她就興沖沖地走了。

湯姆馬上盡情地享受着那個蘋果。突然，他才醒悟過來，知道壞事了，因為赫波肯定會向他母親講起在島上的事，也必然會説出湯姆曾經偷偷回過家。赫波媽媽也肯定會向姨媽講的，那就戳穿了湯姆耍的**小把戲**①。這次，姨媽是不會放過湯姆的了。

果然，過了一會兒，姨媽就趕回來了。一進門，

---

①**小把戲**：指小詭計。

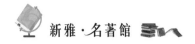

她就大聲叫道：

「湯姆，你這個小壞蛋！竟敢欺騙我，讓我相信你編造的鬼話，使我在人家面前丟盡了臉，你真是沒有良心啊！」

姨媽氣得滿臉通紅。湯姆一見這樣，只得老老實實認錯了：

「姨媽，對不起，我不該欺騙你。其實，我只是想讓你高興一下。」

「你想讓我高興也不該這樣做啊！你偷偷回家聽我們講話，就為了現在編個夢來騙我，這樣的事你竟然幹得出來！」

「不！不是的。我那晚回來，並不是為了和你們開玩笑，」湯姆極力辯解着，「我是想回家告訴你，讓你別為我難過，因為我們並沒有淹死。」

「我不相信，」姨媽怒氣未消，「你會有這樣好心？」

「真的，這是真的。我還在一塊樹皮上寫上些字，當時也帶在身上，原想放在桌子上，讓你看後放心的。」

湯姆連忙找出那塊樹皮給姨媽看。樹皮上的字還依稀可見，上面寫滿了些他們去當海盜、讓家裏不必記掛他們的話。

　　波莉姨媽看着看着，漸漸轉怒為喜了。可是，一會兒，她又説：

　　「哪為什麼你又帶走了呢？」

　　「當我聽到你們要為我們舉行喪禮時，我想看看是怎麼回事，就決定不告訴你了。」

　　「哼！你人不大，壞心眼倒不小！」

　　姨媽口上雖這麼説，但知道湯姆的確是關心她的，也就心滿意足了。

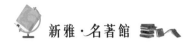

‹ 七、重新和好 ›

　　星期一，湯姆就去上學了。

　　現在，湯姆成了一個多麼令人崇拜的英雄呀！在回校的路上，碰見的熟人都要和湯姆講上幾句話，彷彿這樣就可以沾沾光；連不熟悉的人，眼睛裏也流露出羨慕的眼光。而那些比湯姆年紀小的孩子們，則成羣結隊跟在他後面，稱他為總司令，拉扯着他的衣服，爭着説，要跟他去做海盜呢！

　　在學校裏，同學們都覺得湯姆和赫波很了不起，人人都表現得很尊敬他們，那股熱情，簡直使兩位小英雄受不了。大家都團團圍住他們，聽他們講了一遍又一遍英勇業績，甚至連課也差點上不了。

　　貝蒂看見湯姆，也顯得格外高興，她很想和湯姆説話，但由於兩人還沒有和好，所以她不好意思先開口，於是，就拼命靠近湯姆，在他身邊大聲説話，並

和別的孩子在追逐和打鬧。總之，她在想盡辦法，希望引起湯姆的注意。

這時，只要湯姆能主動開口，與貝蒂說上幾句，兩人也就重新成為好朋友了。

可是偏不！湯姆自己認為，現在已經用不着和貝蒂親近了。因為他已經是一個英雄，他要為光榮而活着，他不應該低聲下氣地去討女孩子的歡喜。

所以，湯姆就裝作根本沒有發現貝蒂一樣，就是眼珠也不往她那邊轉。而且，為了氣氣她，湯姆還故意和艾美講話，表現出和她特別親近的樣子。

這時，貝蒂的自尊心受到了最大的打擊，她再也忍不住了，淚水已開始湧上眼睛，她連忙走開，找了個僻靜的地方，在那裏痛哭了一場。

她覺得，湯姆是這樣的可恨，一定要好好地進行報復！她想啊想啊，終於想出一個辦法來了。

下課休息時，湯姆仍然洋洋得意，他知道貝蒂哭了，所以，他在周圍轉轉，他要看看貝蒂傷心的樣子。

當湯姆走到教室後面時，終於看見貝蒂了，可是，他馬上就覺得怒從心頭起。原來，貝蒂正和一個男同學一個湯姆的手下敗將，兩人正肩並肩地坐着，在共同看一本連環圖。他們看得非常入神，兩個腦袋幾乎靠在一起。

　　看到這一切，湯姆心裏馬上燃起嫉妒的烈火。他這才意識到，自己是喜歡貝蒂的。他開始恨起自己來了，不應該放過剛才和貝蒂言歸於好的機會。同時，他也開始恨起貝蒂來，他甚至打算以後都不再和她講話，真的不理睬她了。

而貝蒂呢，其實，早就知道湯姆發現了她，但她卻裝作不知道，表現出專心看書的樣子。她也能猜到湯姆現在的心情，她覺得自己贏了，她很高興看到湯姆難受的樣子，就像她自己剛才那樣。

　　下午上學時，貝蒂的高興心情還未消失，她早早地就來到了學校，第一個走進了課室。這時，她看到老師的書桌裏，有一本漂亮的畫冊正放在抽屜，她感到非常好奇，就將書取出來翻看着，她漸漸被書中的內容吸引住了。

　　正在這時，上課的預備鈴響了，急促的鈴聲將

貝蒂嚇了一跳，手裏一抖，竟將書中的一頁撕開一大半，她又羞又急地將書扔回抽屜裏，哭了起來。

恰好這時，湯姆進來了，他看見了貝蒂的動作，但沒有作聲，便回到自己的座位上坐下了。

上課了，老師講了一段課後，就讓學生們朗讀課文，而自己則坐下來，準備利用這個時候，看看那本心愛的畫冊。

老師終於發現書被撕破了，他突然站了起來，嚴肅地看着全班學生。大家都被老師的樣子嚇住了，立即停止了朗讀。

「是誰將我的畫冊撕破了？」老師那威嚴的聲音響起來了。

學生們都沒有出聲。

「是誰幹了這些壞事，應該勇敢地站起來承認！」老師又再次發問。

可是，仍沒有學生回答。

老師一看這個辦法不行，就改變方式，逐個來審問。他首先問男孩子，因為幹這些壞事的，往往是他

們。可是一無所獲。接着，他又開始問女孩子了。

這時，貝蒂的臉漲得通紅，頭也簡直抬不起來了。

湯姆看到貝蒂這副模樣，突然產生了同情。撕破了老師心愛的書，可是要受懲罰的，而貝蒂從來還沒有受過老師的半句批評呢！若被老師懲罰，對於一個女孩子，特別是貝蒂這樣的乖孩子，真是太殘忍了，她肯定以後都覺得沒臉見人，名譽掃地了！一想到這些，湯姆就激動起來。

這時，老師已經開始問了：

「貝蒂，這是你做的嗎？」

「是我做的！要罰就罰我吧！」

一個響亮的聲音突然響起了，湯姆站了起來，再一次顯示了他的英雄氣概，他勇敢地把責任歸到自己身上，他不忍心看到貝蒂可憐的樣子，不希望她的自尊心受到最大的傷害。

湯姆自然免不了被老師一頓痛打，而且還罰他留堂，要掃乾淨課室的地，抹乾淨全班的桌椅。

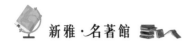

可是，對於這些，湯姆都全不在乎，因為他已經是一個英雄了，代人受過正是英雄的崇高品格，更何況是為了貝蒂呢！

再説，幹這些雜活時，他也一點不覺得累，因為有貝蒂陪着他同做呢。不用説，他們已經和好了。而且，在貝蒂的心目中，湯姆顯得更加高大，更加令人愛戴了。

❮ 八、出庭作證 ❯

謀殺案終於近期內要在**法庭**①開審了。一連幾天，鎮上的人又重新提起這個案件。每當湯姆聽到這個話題，內心就感到十分不安，他總是認為，人們是故意講給他聽的，是作為試探的。所以，他找到哈克，在一個僻靜的地方就談起來了。

「哈克，你有沒有給別人講過那件事？」

「什麼事啊？」

「你當然明白是什麼事。」

「哦，當然沒有。一句話、一個字也沒有透露過。你問這個幹什麼？」

湯姆覺得安心了一些，所以他又說：

「我怕別人知道了，我們就性命難保了。喬埃那個惡棍肯定會找我們算賬的。」

---

①**法庭**：法院內審理訴訟案件的地方。

「你放心，我是絕對不會説的。我倒是擔心你靠不住呢！」哈克説。

「這怎麼可能呢！可是不管怎樣，我們還是再發一次誓吧，這樣就更可靠了。」湯姆又提議。

於是他們非常嚴肅地又發了一次誓。然後，他們又談起了老波特。

他們講到，波特的心地不錯，從來都沒有做過什麼壞事害人。波特經常去釣魚的，很多次他碰見哈克，就把一些魚送哈克吃；他也曾幫湯姆修補過風箏，並教湯姆釣魚，等等。兩個孩子講着講着，都為失去這麼一個熱心幫助人的大朋友而感到可惜。

知識泉

煙草：是製造香煙的原料。含有尼古丁，具有麻醉作用，所以能給吸煙的人感官上的滿足，容易上癮。

當天色漸黑時，他們就走到關着波特的那所房子外面，從窗口那裏塞進一些煙草和火柴給波特。自從波特被關起來後，他們就經常這樣做，為的是減少一些良心上受的折磨。

老波特對此一直感激不盡。這次，他又説了這樣的一些話：

「孩子們，你們對我太好了——比這鎮上的隨便哪個人都好。我忘不了，忘不了。以前，我常常幫孩子們的忙，可現在我落難後，他們就統統把我忘記啦！只剩得湯姆和哈克沒有忘記我，我們還是好朋友。來，讓我們握握手吧！」

聽了波特的這番話，更增加了兩個孩子的內疚。他們覺得自己真是太懦弱了。

湯姆十分難過地回到家裏，當晚他夢見的都是些可怕的事。

第二天和以後的幾天裏，湯姆總是在法院外面轉來轉去，他心裏有一種幾乎無法阻擋的衝動，想衝進法院裏，把那個案件説個明白。可是每當這個時候，他腦袋裏又浮現出喬埃那恐怖的模樣。於是，膽怯又使他停止了腳步。

哈克也經常在同樣時間與湯姆相遇，由於相同的原因，他也在法院附近徘徊，但兩人文互相迴避着。

在開審的前一天夜裏，湯姆在外面呆到很晚，才從窗口爬回家睡覺。他一直很興奮，以至過了幾個小時才睡着。

第二天早上，全鎮的人都成羣結隊擁到法院，因為這是一個重大的日子，大家都逼切地等待着這一時刻。

當陪審團、法官以及律師等一行人剛坐好時，波特被押進來了，他戴着**鐐銬**[1]，臉色慘白，神情膽怯，顯出無可奈何的樣子。而喬埃則早早就坐好了，他臉上露出得意的樣子。

這時，執法官宣布開庭了，律師們開始忙碌起來，使人感到了法律的嚴肅無情。

一個證人被傳上來了。他證明那天一早，看見波特在河裏洗澡。

又一個證人上來了，他講述了發現屍體和小刀的經過。

第三個證人則證實那把小刀是波特的。

---

[1] **鐐銬**：刑具名。腳鐐和手銬，用來束縛犯人。

接着，還有幾個證人回憶起波特第二天早上在兇殺現場的畏罪行為。

對於這些證人，波特的律師都沒有提出什麼盤問，他這一做法，引起了在場的人們驚疑和不滿。

於是，檢察官宣布：

「根據各位證人宣誓供述的證詞，我們認定這個可怕的罪行，毫無疑問，是坐在被告席上的這位不幸的犯人做的。本案終止提供證據。」

可憐的波特痛苦地發出一聲呻吟，把身子來回地擺動着，令到法庭上的許多聽眾都為之感動。

這時，波特的律師站起來了，他說道：

「庭長，本案開始審訊時，我們在原先陳述的意見裏，弄錯了目標，力圖證明我的委托人是因為喝了酒，在盲目的、不由自主的醉意影響下，幹出了這椿可怕的事。現在，我的見解改變了。我申請撤回那個辯訴。」

然後，他又轉向書記員說：

「傳湯姆到庭。」

全場所有人的臉上都露出了驚訝和迷惑的神色，

　　湯姆被帶到了證人席上。由於第一次充當這個角色，他簡直不知所措。

　　原來在昨晚他已向律師講了真相。

　　湯姆首先宣了誓。

　　「湯姆，六月十七日大約在半夜時，你在什麼地方？」

　　湯姆向喬埃那張鐵青的面孔瞥了一眼，舌頭頓時打了結。聽眾們在等待着，可他偏偏緊張得說不出話來！

　　過了一會兒，他終於恢復了一點氣力，勉強發出了一點聲音：

　　「在墳場裏。」

「請你大聲點說吧。不要害怕。」

於是，湯姆就慢慢壯大了膽，認真地、詳細地回答着律師的提問。

他開始敘述起來，開頭還有些吞吞吐吐，但漸漸就越說越流利了。聽眾們包括可憐的老波特在內，都張着嘴，屏住呼吸，在聽着他講那個離奇可怕的事情。

「……醫生把那塊木牌子一搶，就將波特打倒在地，這時，喬埃就拿着那把刀，衝上去對着醫生的胸前用力一刺！……」

啪啦一聲，不待湯姆講完，喬埃那個惡棍就像閃電一樣，衝開所有想攔住他的人，飛快地從窗口跳出去，跑得無影無蹤了。

湯姆又一次成為英雄了！而且，這一次不只是小孩子崇拜，而且是年長的人所寵愛、年輕的人所羨慕的大人物。不再是頑皮、淘氣的榜樣，而是真正的英雄。他的名字甚至被寫進了當地的報紙上。

老波特也十分感激他，給他送來一大堆魚和其他吃的、玩的東西。還答應說，以後要教一些新的知識

給他。

可是，湯姆在白天雖然都風頭十足、歡天喜地，但一到夜裏，他就陷入恐懼之中了。喬埃闖進了他所有的夢中，而且都流露出一股殺氣。有幾次，湯姆已夢到自己被喬埃殺了——不是被刀子刺死，就是被綁着扔到河裏淹死。這常常使他半夜驚醒起來，以至影響到波莉姨媽也睡不好。幸虧，湯姆還不相信夢境會成真的迷信。而且，他也不願相信。

白天，波特對湯姆的感激，使他慶幸自己說了真話；但到了夜裏，他又後悔不該洩露了秘密。

哈克也是處於同樣的恐懼中。因為，發現這件兇殺案，是兩個人的事。不過，他並沒有責怪湯姆說出去，湯姆這樣做，也使他搬掉了壓在良心上的大石，不會再內疚了。

法院**懸了賞**①，各地都搜查過了，可是都沒有捉到喬埃。警察局甚至請來了一個精明能幹的**偵探**②，

---

① **懸賞**：公布獎額，向大眾徵求事物或人（例如捉拿罪犯）。
② **偵探**：查探秘密事件或搜集犯罪證據的人。

忙了幾天，也是一無所獲。

　　兩個孩子都感到，除非喬埃被捉到了，被處死了，讓他們親眼看過屍體後，他們的日子才會過得安穩，不再有恐懼。

　　幸好日子一天天過去了，而每過一天，都稍微減輕了一分恐懼。而且，貝蒂現在經常找湯姆玩，和湯姆一起看圖書、玩遊戲、去釣魚。自從發生了這件大事後，湯姆簡直成了貝蒂學習的榜樣，所以，湯姆的自豪感也多少壓倒了那些恐懼。

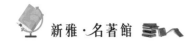

‹ 九、尋找寶藏 ›

　　暑假到了，由於不用上課，貝蒂跟她父母一起出外旅遊度假了。

　　放假在家，湯姆總是顯得心神不定、無所事事。自從成為英雄後，他就認為，自己已經長大了，是大人而不是小孩子了。因此，他對小孩子玩的遊戲都不再感興趣，和小朋友們在一起，也提不起精神。只有哈克，才夠資格和他玩，成為他的朋友。

　　一天，湯姆突然產生了一個新念頭，他覺得，像這樣無聊地過日子，不如再去冒險冒險，幹一番大事業。

　　於是，湯姆就找到了哈克。他告訴哈克，他想去尋找強盜埋下的寶藏，問哈克是否願意一起去，哈克當然滿口答應了，因為他也是個喜歡冒險的孩子。

　　「可是，我們上哪裏去挖呢？」哈克問。

　　「嗯，一般來説，財寶是藏在一些非常特別的地

方的。有的埋在島上，有的埋在枯樹底下，有的也會埋在鬧鬼的房子地下。」

「那麼強盜從此就不再找回這些財寶嗎？」哈克又問。

「你想想，強盜是到處去打天下的，說不定隨時會死。而且，他們埋得多了，也會記不起來。總之，這些財寶會長期埋在地下，甚至還會生銹呢。」湯姆答應。

「那麼，我們這裏，有什麼地方埋有這些財寶？」

「我想，那個小島上我們已經找過了。還有可能就在鎮附近，樹林裏有一些枯樹，樹底下就會有；鎮外面的小山上，不是有一座鬧鬼的舊房子嗎，那裏也可能有哩！」

哈克聽到這裏，覺得很興奮。於是，他們商量好，先從枯樹下挖掘。

說幹就幹，他們找到一把**鋤頭**[①]和一把**鐵鏟**[②]，

[①]**鋤頭**：挖鬆泥土和除草的農具。
[②]**鐵鏟**：一種帶把的金屬器具，可削平或撮取東西。

就出發了。

　　他們來到小鎮外面的樹林裏，找到有樹枯死的地方，就開始挖了。一開始，大家的勁頭都很高，湯姆挖着挖着，就問起哈克：

　　「嘿，我們要是在這裏找到了財寶，你打算拿你

的那一份幹什麼？」

「嗐，我就天天吃薄餅、喝汽水。每當馬戲團來了，我都去看，」哈克回答，「那麼，你的一份怎麼用？」

「我打算買一個鼓、一把鋒利的劍、一條紅領帶、一隻小狗，還要留起來以後娶老婆。」

「娶老婆？」哈克驚奇地問。

「是的，娶一個很好、很漂亮的姑娘。」湯姆很認真地回答。

「唉！你娶了老婆後，我可就比以前更孤單了。」哈克不免難過了起來。

「不會的。到時你搬來跟我住在一起好了。」湯姆安慰起哈克來。

兩個孩子就這樣邊講邊挖，一連挖了好幾棵樹的地下。可是，當他們挖到很累了，但還沒有挖到什麼東西。哈克開始洩氣了：

「唉！湯姆，我看還是算了吧！這裏根本不會有什麼財寶的！」

但湯姆卻不這樣想，他堅持認為，地下是埋有

知識泉

強盜：用暴力強搶別人財物的不法之徒，他們不只做一兩件違法的事，而是一生都在犯法。

寶的。因為大人們說，以前，這個地方是經常有很多強盜出沒的。

湯姆想了想，然後提議說：

「看來，我們是選錯了地方，我們應該在那間鬼屋裏挖才是哩！」

「什麼，你不怕鬼嗎？！我可不願冒這個險，」哈克驚叫起來，「當你正在挖的時候，鬼就會在你身後出現，他們披頭散髮，伸着長長的舌頭，一下子就從後面掐住了你的脖子，你就完蛋了。」

但湯姆卻顯得胸有成竹，因為他自認為，他是知道鬼的活動規律的，所以，他說：

「這不用怕，鬼是晚上才出來的，我們白天去，就會沒事的。」

哈克聽到後，也表示同意了。於是，他們約定，吃過午飯後，在一個地方集合，然後就去那所房子。

這所房子早就沒有人居住了，一直荒廢着。兩個孩子走到屋前一看，只見房間裏面野草叢生，地板早就給撬走了，牆灰也剝落了下來，窗口都沒有玻璃，

樓梯也壞了，到處布滿沒有蜘蛛的蛛網。所以，顯得死一般的寂靜，陰森可怕。

開始時，他們還不敢進去呢！看了一會兒，他們的膽子大了點，才悄悄地走進去。他們也暗自感到慶幸，要是在晚上，他們是絕對不敢到這裏的。

他們進去後，將鋤頭和鐵鏟扔到一邊，就小心走上樓了，由於樓梯壞了，他們只有輕手輕腳地走。

樓上也顯得很破敗。他們在一個角落裏發現了一個壁櫥，但裏面什麼東西也沒有。於是，他們就準備下樓去，開始挖寶了。可是──

「噓！」湯姆突然說。

「怎麼回事？」哈克嚇得臉都發白了，悄悄地問。

「你聽見有些腳步聲嗎？」

「啊！……聽見了！我們快跑吧！」

知識泉

蜘蛛：節肢動物，全世界約有三萬餘種。有些吐絲而不結網，有些不吐絲也不結網，結網的蜘蛛體內有三、四對絲囊，絲線剛射出時是液狀的，和空氣一接觸就硬化，成為堅韌的蛛絲。

「不行。他們向這座房子走過來了。我們快找個地方藏起吧！」

兩個孩子馬上躲進了那個爛壁櫥。

「上帝保祐我們平安無事，」哈克在湯姆耳邊低聲說，「但願不是壞蛋進來了。」

過了一陣，腳步聲已到了樓下，有人已經進來了！

這時，只聽到一個陌生的聲音說：

「不！我不願意幹這件事，那太危險了。」

「危險？真沒出息！」

這後一個聲音是那麼熟悉，又是那麼恐怖！簡直把兩個孩子嚇得直打**哆嗦**①。原來，是喬埃！這個殺人犯並沒有逃遠，看樣子就藏在小鎮的附近哪一個地方。

這時，樓下傳來一陣吃東西的聲音。然後，又聽到喬埃說：

「喂，小伙子，你先回到河上游你的老家，在那

---

①**哆嗦**：全身突然顫抖一下，好像發冷一般。亦作打冷顫、打寒戰。

兒等我的消息。我準備冒點險，再到鎮裏看看。等我打聽清楚後，就再來幹這件事，然後我們就遠走高飛了。」

説完後，兩個人都打起呵欠來。於是，喬埃又説：「昨晚忙了一夜，現在都快睜不開眼了，這回輪到我睡覺，你來守望了。」

一會兒，就傳來了喬埃的打鼾聲。再過不了多久，也傳來了另一個人的打鼾聲來——這兩個壞蛋都睡着了。

到這時，兩個孩子才敢喘一口大氣，他們都暗自慶幸起來。

「現在我們的機會來了，快走吧！」湯姆悄悄地説。

「我可不敢，他們要是一醒，我們就沒命了。」哈克不敢動。

經過湯姆一再催促，哈克才肯站起身。於是，由湯姆帶領，兩人就準備下樓了。

雖然他們都是輕輕地走着，但還沒有走到樓梯口，那破爛的樓板就發出吱嘎吱嘎的響聲，嚇得他們

半死，馬上停下來。但又不敢再走動回到壁櫥裏，只好趴在樓板上，透過板縫，向樓下望。

他們就這樣，一直在挨着、等待着，但時間也好像和他們作對，故意緩慢地過去，他們的忍耐力也幾乎到了極限。

好不容易挨到了太陽開始下山，喬埃醒過來了。他一看同伴睡着了，便用腳將他踢醒。

「喂！叫你值班，怎麼睡着了？」

「啊！是嗎？不過沒出什麼事吧？」

「還算好。我們該動身了。不過，這袋錢怎麼辦呢？」喬埃問。

「我看還是埋在這裏吧！那麼一大袋錢幣，帶在身上，去幹那件事不方便。」陌生人回答。

於是，兩人就從一大袋錢中取出一些，分別放在身上，然後，喬埃就抽出一把獵刀，在一個角落裏挖起來。

看到這裏，樓上的兩個孩子眼

睛都瞪大了，頓時忘記了所有的恐懼。他們緊張地望着樓下的每一個動作。這一大袋錢，足夠他們慢慢享用的了！他們實在太興奮、太高興了！

他們互相碰了一下手臂，感到很滿意，真值得到這裏。現在，等兩個強盜一走，那袋錢就全歸他們了！

突然，喬埃的刀碰到了一個什麼東西。

「喂！」他說。

「那是什麼？」他的同伴問。

「好像是一塊爛木板——不對，這是個箱子。來，幫幫忙，讓我看看這箱子裏裝的是什麼。別急，我已經在上面戳穿一個洞了。」

他把手伸進去，又抽出來——

「哇！是錢啊，還是金的呢！」

這時，樓上的兩個孩子，也和樓下的兩個壞蛋一樣興奮、一樣歡喜。

喬埃的同伴說：

「我們要趕快挖，我剛才看到哪邊有把鋤頭和鐵鏟。」

於是，他將兩個孩子的鋤頭和鐵鏟拿了過來，喬埃拿過鋤頭，看了看，然後兩人就動手挖了起來。不久，箱子就掘出來了。

「我看這裏有好幾千塊錢哪。」喬埃説。

「這下我們可發大財了！你也不用幹那件事了。」陌生人興奮地説。

「不，你還不了解我，」喬埃皺着眉頭，眼裏閃着兇光，「那不是去打劫，而是報仇！」

「好吧，我願意幫你忙。不過，這箱錢怎麼辦，重新埋起來嗎？」

「對。哦不！我差點忘了，剛才那把鋤頭上還有新鮮的泥！這是怎麼回事，是誰拿來的呢？」

兩個孩子聽到這裏，馬上嚇傻了。真後悔沒有把這兩件東西帶上樓。

喬埃又接着説：

「這裏已經不安全了，還是把它帶回我那窩裏吧。」

「你是説一號嗎？」

「不——二號，那個十字架下面。」

於是，兩個壞蛋抬起箱子，就往門外走。可是，喬埃突然放下箱子，説：

「等等，是誰將這些工具帶到這裏的呢？你説他們會不會藏在樓上？」

兩個孩子頓時嚇到簡直要死了。只見喬埃握住刀子，轉身向樓梯走來，湯姆和哈克絕望地閉上眼。現在只有聽天由命了！

突然「嘩啦」一聲，使他們又睜開了眼睛，原來喬埃踩在一塊腐爛的樓梯板上，摔倒了。

這時，那個陌生人就説：

「算了算了，看那樣子，誰能夠上得去呢，不摔死才怪。我們還是趕快走吧！」

於是，喬埃爬起來，兩人抬着箱子，往黑暗中走了。

湯姆和哈克終於鬆了口氣，他們等到**神經**①放鬆

---

①**神經**：神經纖維，分布在人體各部分，負責傳達外來的刺激。

後，才慢慢走出去。

在回家的路上，他們不斷埋怨自己，由於粗心大意，讓喬埃產生了懷疑。不然，喬埃是會將財寶埋在那裏的。

他們決定加強偵察，一發現喬埃到鎮上報仇，就釘住他，跟着他去「二號」，然後找機會去取那箱財寶。

一講到這裏，湯姆突然閃過一個可怕的念頭：

「報仇？他是不是向我們報仇啊！」

哈克一聽，嚇得幾乎暈倒在地。

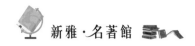

‹ 十、跟蹤追擊 ›

　　第二天，湯姆又去找哈克，兩人商量着，怎樣才能追回這些財寶，因為他們認為，這箱錢應該是他們的，只是喬埃奪走了。

　　兩人商量後，決定主動出擊，去找喬埃的「二號」窩。

　　「二號」在哪裏呢？這可能是個門牌號碼，但這個小鎮是沒有門牌的。於是，湯姆就想到，這可能是鎮上那小旅店的房間號。

　　當天晚上，他們偷跑出來，在約定地點會合後，就直奔小旅店。

　　由於這個小鎮很偏僻，沒有什麼外來人到這裏，所以，小旅店現在是無人居住的。

　　兩個孩子到這裏後，由哈克負責在旅店門口守望，而湯姆呢，就提着一個包得嚴嚴實實、僅露出一點光亮的小燈籠，悄悄地溜進旅店。

旅店的門沒有上鎖，二號房間的門也是虛掩着。湯姆的心立即砰砰跳起來。

他輕手輕腳地走到二號房間的門口，見裏面一片漆黑，就輕輕推開門，一腳踏進去，然後將燈籠舉起一看，差點喊出聲來。

原來喬埃就躺在地板上！他喝醉了酒，睡得很熟，所以根本不知有人進來。

湯姆足足楞住了幾秒鐘，然後才清醒過來，他飛快地朝房間掃了一眼，那箱子不在裏面，就趕快退了出來。

下一步該怎樣行動呢？他們決定要繼續監視喬埃，看他究竟把箱子藏到什麼地方。

由於暑假快結束了，湯姆也就要上學了，所以監視喬埃的責任，就落到了哈克身上。

他們分析，喬埃白天是不敢出來活動的，晚上才到處轉，所以哈克就晚上進行監視，白天則睡覺，養足精神。

哈克一連守了幾個晚上，也沒有發現什麼。喬埃幾個晚上都沒有出來，他的吃喝，都是由那個陌生人

在夜裏帶進去的。天剛微亮時，陌生人又出去了，幾天來都一直如此。

暑假終於過去了，貝蒂也回來了，她帶回了不少外邊的見聞，讓湯姆羨慕了好一陣。他暗自想，若拿到那些財寶後，自己一定要去周遊世界一番，當然，把貝蒂也帶上。

學校決定在開學前，組織一次旅遊野餐，這消息公布後，孩子們個個都高興萬分。但湯姆由於記掛着財寶的事，不想參加這次活動。最後，經不起貝蒂的再三懇求，而哈克那裏又沒有什麼消息，所以也就答應去了。

這天早上，孩子們帶着一籃籃的食物，歡天喜地地出發了。

他們坐上了那艘渡輪，到了離這村鎮下游約三里的地方，在一個樹木叢生的山谷上靠了岸。然後，大家就在山上玩起來了。

他們玩累了、也玩厭後，就回到露營的地方，將帶來的食物飽餐一頓。

這時，有人在大聲提議：

「誰想去岩洞玩啊？想去就報名！」

這個號召得到了大家的一致響應。於是，孩子們就準備好蠟燭，爬上山了。

岩洞口就在山腰，洞口的大木門開着，裏面是一個像房間一樣的大石窟，周圍都是堅實的石灰石，還有幾條通往裏面的通道。

孩子們點燃了蠟燭，分成一小羣一小羣的，就沿着這些通道往裏面走了。

這些通道裏面是很複雜的，每條通道裏又有幾個岔路，有的岔路不知通往哪裏，就像一個大迷宮。所以，大家都只是找自己熟悉的路、或是有人走過的痕跡的路走。

他們在山洞裏玩着，互相追逐奔跑，在通道裏轉來轉去。有的則舉着蠟燭，在慢慢欣賞那些奇形怪狀的鐘乳石。

知 識 泉

岩洞：指天然形成的大山洞。有些藏在地底下，是水流溶解石灰岩而形成；有些在海岸地帶，由海浪侵蝕而成；也有些在冰河內發展而成，或在火山周圍固化了的熔岩內形成。內裏布滿了鐘乳石和石筍，陰暗潮濕，構成一個神秘世界。

　　到最後，大家玩到累了，太陽也開始下山了，他
們才依依不捨地走出山洞，坐船回去。

　　而這時，哈克正在開始守望呢！

　　守了幾個晚上，都沒有什麼動靜，哈克已經覺得
很厭倦了，要不是為了那箱財寶，他早就不幹了！

　　這時，突然傳來了一陣響聲，哈克瞪大眼睛一

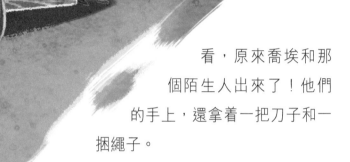

看，原來喬埃和那
個陌生人出來了！他們
的手上，還拿着一把刀子和一
捆繩子。

他們去幹什麼呢，是不是去取財寶？哈
克馬上緊張起來，拚命盯住他們。

哈克遠遠跟着他們，走過了幾條街。然後，到
了鎮外，在已經去世了的法官的家園外，他們停住了
腳步，躲進了矮樹叢中。

他們到這裏幹什麼呢？哈克正在琢磨着，這
時，只聽見喬埃説：

「這個老寡婦，這麼夜了，還不上牀！」

「我看還是算了吧！不知要等到什麼時候
呢？」陌生人説。

「算了？」喬埃惡狠狠地説，「你還不知道，
她的丈夫曾把我關進過監獄，還罰我做苦工，甚至遊

街示眾，讓我出醜。這個仇我非報不可！」

「不過，法官已經死了啊！這些事與他老婆有什麼相干呢？」

「他死了，算是便宜了他，但這個罪得由他老婆來承擔！」喬埃又咬牙切齒地説。

「啊！你是説要殺死她？」

「不！我不用殺死她，用這把刀毀了她的相貌，讓她變得醜陋無比，這就已經夠了！」

「這太殘忍了吧！我真不該跟你來這裏。」陌生人害怕了。

「殘忍？要是你不幫這個忙，我連你也要殺！」

「好吧，那我們就趕快幹完算了！」

「不，等燈熄了後再動手。然後，我們就帶上財寶遠走高飛。」

説完，兩個人都不出聲了，蹲在地上等着。

哈克聽到這裏，心裏不免一陣輕鬆；原來，喬埃説的報仇，不是指自己和湯姆，而是法官的妻子！

但過了一會兒，他又想到，法官的妻子平日對他都很好，他還上過她家吃過幾次飯。所以，自己一定

要救她。

　　想到這裏，哈克就悄悄地往後退，直退到他認為已經避開那兩個壞蛋的視線，才飛跑起來。

　　他敲開鎮裏面最熱心幫人的那家人的門，匆匆地把他偷聽到的說話告訴了他們，那是一個魁梧的老頭和他兩個粗壯的兒子。他們馬上帶上**獵槍**①出發了。為了哈克的安全，他們要他留在家裏等消息。

　　不久，那個方向就傳來了一陣槍響和喊叫聲。

　　過了很久，那老頭才一個人回來了。他告訴哈克，他們到了那裏後，向那兩個壞蛋開了幾槍，但那兩個壞蛋逃走了。接着，他們叫醒了警官，集合了一隊人，去周圍搜索，他的兩個兒子也參加搜索去了。

　　由於哈克幾乎一整夜沒睡覺了，老頭子就鋪好牀，讓哈克在他們家睡下來。

　　哈克醒來後，已經是下午了，那老頭子又告訴他，參加搜索的人回來了，他們沒有找到喬埃，卻在河上發現了那個陌生人的屍體，大概是想爬到渡輪上

①**獵槍**：又稱鳥槍。用於狩獵雀鳥。

去偷救生艇，但失足跌下河，又不會游水而淹死的。

老頭子又說，現在全鎮上都知道哈克救寡婦的事，都稱讚他這種英勇行為哩！哈克聽到後，想到自己又再次成為英雄了，心中不禁暗暗得意起來。

不久，老頭子的兩個兒子也回來了，但他們卻帶回了湯姆和貝蒂失蹤了，可能在山洞裏迷了路的消息！

原來，那班孩子坐渡輪回來後，就分別回家了。有的住得較遠的，就在別的孩子家過夜，當時，誰也沒有清點人數。

這樣一直到吃午飯時，湯姆和貝蒂的家裏還不見他們回來，就到那些孩子家裏去找，但都說不知道。他們找遍了整個小鎮也沒有。

這時，有人回想起，在山洞時，湯姆和貝蒂是在一起的；有人也記起來，在回來的渡輪上，當時好像沒有見到他們。

於是，大家就一致判斷，他倆仍在山洞裏！肯定是在轉那些岔路時，迷失了方向，轉不出來了！

現在，鎮裏已經組織人去尋找了，老頭的兩個兒

子也參加了，他們是回來拿蠟燭、**火把**①和繩子的。

　　哈克一聽好朋友遇險，頓時焦急和難過起來，他不顧大家阻攔，一定要參加救援。老頭見他這樣堅持，只好同意了。

　　於是，哈克和這一家人一起，匆匆吃了點飯，帶上行裝，就加入到救援隊伍中去。

①**火把**：在長棒頂端捆上布條，沾上燃油，點火照明，供夜行或黑暗中用。

‹ 十一、山洞歷險 ›

湯姆和貝蒂真的在山洞裏迷路了。

當時，他們跟着其他同伴在那些陰暗的通道裏穿過，去遊覽洞裏那些大家熟悉的奇觀，如「會客廳」和「古城堡」等等。在捉迷藏的遊戲開始時，他倆也參加了，一直到玩累了才停下來。

然後，他們兩個就在一起，舉着點燃的蠟燭，順着一條彎彎曲曲的通道往前走。他們一邊走，一邊舉着蠟燭，讀着人們用蠟燭煙熏在石壁上的那些人名、日期、地址等字跡。他們找到一處沒有字的石壁後，也用蠟燭煙熏上了兩人的名字。

不久，他倆就來到一處地方，那裏有一小股流水從一個突出的石壁上流下來，那石壁經過長年累月的水滴，形成了像瀑布一樣。湯姆將身體擠到石瀑布後，舉起蠟燭，好讓貝蒂看清楚。

就在這時，他發現了石壁後面還有一條通道，於

是，他立刻產生了做一個探險家的想法。貝蒂對這個建議當然十分響應。他們就用煙熏了一個記號，作為以後引路的標誌，然後就開始在這條沒有人走過的通道裏探察了。一路上，他們還做了幾個記號。

他們東鑽西鑽後，越鑽越深。不知過了多久，他們來到了一個寬大的石窟，從石窟的頂上垂下許多千奇百怪的鐘乳石。這些鐘乳石經過千萬年不停的滴水，逐漸變成了各種稀奇古怪的形狀。有的像做着不同動作的人，有的則像各種小動物，有的又像一些樹。

他們正在細細欣賞，不料，驚動了居住在石窟頂上的一大羣蝙蝠。這些蝙蝠生活在黑暗中，不習慣光亮，所以，一見到蠟燭光，就成羣地尖叫着飛下來，一隻蝙蝠還撲滅了貝蒂手上的蠟燭。

湯姆一見，馬上拉着貝蒂，

知識泉

蝙蝠：屬於哺乳類，是能正式飛翔的獸類。白天，牠們大羣躲在山洞，用後腳的爪抓着山壁，身子倒掛睡覺，晚上則出動尋找食物。蝙蝠能在黑暗裏辨別方向，主要是靠發出頻率極高的叫聲，當聲音碰到附近的物體反彈回來，牠那巨大的耳朵，便能偵察出返回的回聲，判斷物體的方向、距離和大小。冬天，蝙蝠都有冬眠的習慣。

就往最先發現的一個通道裏跑，而蝙蝠就在後面緊追
不捨。不知跑了多遠，也不知鑽了多少條通道，最後
才終於擺脫了那羣可怕的蝙蝠。

他們停下來後，四周恢復了寂靜，而且靜得可

怕。他們開始感到這個地方的恐怖了。

「啊，湯姆，不知我們已經走多遠了，」貝蒂
說，「我們趕快往回走吧！」

「好的，我們還是早點回去好。」湯姆同意了。

「你還能認得路嗎？我都記不清楚了。」貝蒂擔心地說。

而湯姆卻顯得很有經驗：

「我們不能往原路走回，因為還會碰見那些蝙

蝠。若把蠟燭全都撲滅了我們就什麼也看不到，也就回不去了！我想我們還是走別的路吧。」

於是，他們就開始沿着一條通道往前走，一聲不響地走了很遠。每到一個新的出口，就認真看看是不

是他們曾經走過的。可是，每處都是陌生的。

貝蒂更加焦急了。湯姆也開始擔心起來。

但是為了安慰貝蒂，湯姆極力表現出鎮靜的樣子。

「你聽！」他說。

深沉的寂靜，靜得連自己的呼吸聲都聽得很清楚。

湯姆大聲喊起來。他的喊聲順着空洞的通道傳過去，一路發着**回聲**[1]，變得好像嘲笑聲一樣，在遠處消失了。

「啊，湯姆，別再叫了，太嚇人了。」貝蒂說。

「的確很可怕，可還是要再叫喊幾聲。也許他們會聽得見。」說完，湯姆又喊了幾聲。

這時，貝蒂才發現，湯姆連回去的路也找不到了。

「啊，湯姆，你怎麼沒留下記號呀！」

「我真是傻！是啊，我根本沒想到還要往回走

---

[1]**回聲**：物理學名詞。指聲浪傳播時遇障礙物而折回的聲音。

的。我真的找不到回去的路了！」

「湯姆，湯姆，我們迷路了！迷路了！我們會永遠也走不出這個可怕的地方的！我們當初為什麼要單獨走開呢！」

貝蒂一下子坐在地上，哇哇地大哭起來。這可把湯姆嚇壞了，他還未見過貝蒂這樣傷心的呢！於是，他也坐下來，拼命安慰貝蒂，要她鼓起勇氣，繼續向前走，不要放棄希望。同時，他也責怪起自己的粗心大意。

等貝蒂的情緒好轉後，他們又繼續往前走了。他們不停地走着，希望能轉到那條回去的路上。

蠟燭已剩下不多了。現在，他們只用一支蠟燭來照明。

他們一直走着，走到實在走不動時，才坐了下來休息。

這時，湯姆從口袋裏拿出一塊蛋糕，把它分成兩半，一半給了貝蒂，一半留給自己。這是野餐時吃剩的，湯姆把它放在了身上，因為他當時就想，可能很晚才能回到家吃飯哩！

　　貝蒂吃得津津有味，而湯姆呢，則只是在假裝吃，因為他要把這唯一的食物留着。吃完後，他們就喝石壁上流下來的水，這些涼水到處都有，取之不盡。

　　接着，他們就談起了家，談起了家裏的親人，談到了舒適的牀。講着講着，貝蒂又哭了起來，湯姆自然又要安慰她一番了。

　　不久，貝蒂又提出要再往前走。湯姆停了一會兒，沒有出聲。然後，他説：

　　「貝蒂，我們得呆在這裏，這裏還有水喝。這一小截蠟燭是最後的了。」

　　貝蒂又放聲大哭起來，湯姆怎樣安慰她也不行。後來，貝蒂説：

　　「湯姆，你説家裏人會不會來找我們？」

　　「會的，他們看我們不在，就會來的。」

　　「可他們什麼時候才會來啊！」貝蒂又哭了起來。

　　「現在是什麼時間了？」貝蒂又問。

「這我可説不清了，大概已經天黑了吧，不！也許黑夜已經過去了。」

他們都明白，家裏人要等到第二天早上甚至中午，才會發現他們沒有回家，這時才會派人來山洞找。因此，他們都希望時間快點過去。

這時，那蠟燭頭就要燒盡了。兩個孩子都把眼睛盯着那一點點蠟燭，看着它慢慢地化掉。最後，只見那一小朵火燄跳了幾下，就突然熄滅了。隨後，一片令人恐懼的漆黑包圍了他們。

不知過了多久，他們才從一陣昏睡中醒過來。湯姆覺得像這樣坐着等，還不如繼續走。於是，兩人又上路了。

由於沒有蠟燭照明，他們兩人走得很慢，而在腳下到處是坑洞，因此不得不多加小心。

他們就這樣半摸半爬了不知多長時間，走到累了，饑餓又到來，才坐下休息。湯姆把他的那一份蛋糕分來吃了。可是，他們反而覺得比以前更加肚餓。

過了一會兒，湯姆説：

「噓！你聽見了嗎？」

兩人都停住呼吸來靜聽着。這時，隱約聽到遠處好像有叫喊聲，湯姆馬上放開喉嚨，大聲回答了，並且，順着那個喊聲的方向摸索着走過去，貝蒂也跟着狂叫起來，兩人都高興萬分，一起喊着，並且跌跌撞撞地向前走。

但是，由於看不到路，兩人走得很慢，而那聲音卻變得越來越遠，慢慢就聽不見了！

這多麼令人失望啊！湯姆拼命叫着，一直叫到嗓子都啞了，可是毫無用處。他又鼓勵貝蒂，要她不要灰心。可是，過了很久很久，還是聽不到什麼聲音。

於是，兩人只得找個地方坐下來。由於又飢餓又憂愁，他們又昏昏沉沉地睡着了。

湯姆醒來後，覺得褲袋裏有什麼東西在頂着他的肚子，他一摸，原來是放風箏的線圈，他突然有了一個主意。

知識泉

風箏：亦名紙鳶。用紙糊在竹枝上，縛上幼線，乘風升空，是一種十分有趣的戶外遊戲。風箏的樣式繁多，有平面的，也有立體的。

他想，去探索一下那些岔路，總比這樣坐着等死要好。他就掏出那個線圈，將線頭繞在一塊大石上，然後，叫醒了貝蒂，向她講清楚後，兩人就拉着手往前走了。

他們沿着一條岔道走着，邊走邊放鬆手中線圈的線。走了約二十步後，那條岔道就在一個凹下去的陡地方終止了。湯姆就跪在地上，伸手往下摸，看有沒有路通往下面。

正在這時，有一隻手拿着一支蠟燭，從一塊岩石後面出現了！湯姆馬上拉開嗓子，大聲歡呼起來，可是，緊接着又看見那隻手後面出現的身體——原來是喬埃！

湯姆嚇得魂不附體，簡直不能動彈了。可是，隨即他又看見喬埃顯然也受了驚嚇，一下子聽不清誰在叫喊，拔腿就跑到不知什麼地方去了。

湯姆真感到謝天謝地。但他很小心，沒有向貝蒂說明他碰見了誰，只是說，他是為了碰碰運氣，才大聲呼喊的。

這時，貝蒂已經陷入了絕望，她再也振作不起來了。她告訴湯姆，如果他想去探路，就自己去，她不想再動了。不過，她求湯姆，要不時回來和她説説話，好讓她知道，湯姆還活着。

湯姆呢，他還是想在自己的氣力未用盡前，再拼搏一下看看，即使冒着碰見喬埃的危險，也要試試，於是，他又摸索着出發了。

這天，已是第三天了。湯姆和貝蒂在洞裏已呆了兩天多，而鎮裏的人們，也已經尋找了一天多了。

但是，從山洞那邊，還是沒有傳來什麼好消息。儘管人們仍在繼續尋找着，但抱的希望越來越少，有人則説，這兩個孩子是永遠找不到了。

波莉姨媽陷入了深深的憂愁中，頭髮都幾乎變白了；而貝蒂的母親呢，卻急出病來了，大部分時間都神志昏迷，胡亂説話。貝蒂的爸爸則參加了救援隊，一直未合眼睡過覺。

哈克在參加尋找一天後，疲勞過度，回來後也病倒了。

到了大約半夜，鎮裏的大鐘忽然狂亂地響個不停，人們衣服還未穿好，就從家裏跑出來。他們奔走相告，興奮地大聲叫着：

「找到那兩個孩子了！他們回來啦！」

接着，大家都一齊向河邊湧去，迎接湯姆和貝蒂平安歸來。

整個小鎮從沒有像今晚這樣熱鬧過。人們排成了隊伍，分別到這兩個孩子的家裏，和他們以及他們的親人擁抱一番，然後聽着他們講述那些冒險的經歷。

原來，湯姆離開貝蒂後，一連探了三條岔路。當他走到第三條，一直把風箏線放到盡，準備往回走時，卻看見遠遠有一個亮點。於是，他丟下線圈，就朝這個亮點爬去，這原來是一個小洞！他從這小洞鑽出來，就看見了流過小鎮的那條河！

湯姆頓時什麼疲勞、恐懼、飢餓都全忘記了。他連忙回到貝蒂身邊，告訴了她這一好消息。然後，兩人一起鑽了出來，坐在草地上，快活得大聲歡呼起來。他們終於脫險了！

　　不久，有一條小船經過那裏，他們就大聲呼救。
船上的人發現他們後，就讓他們上了船。起初，那些
人還不相信他們的經歷呢！因為他們已經離進去的山
洞口有五里遠了。

　　後來，船上的人把他們送到一戶人家那兒，給他
們吃了晚飯，又讓他們休息了幾個小時後，就把他們
送回來了。

　　由於極度勞累和飢餓，湯姆足足在家裏呆了兩個
星期。這期間，不少孩子們、大人們都來看望過他，

　　哈克自然也不例外了。但湯姆一直沒有將喬埃的事講
出去，因為，他已經感覺到了，山洞裏有一些秘密
呢！

　　這天，湯姆覺得自己已恢復得差不多了，就去貝
蒂家探望。貝蒂的父親告訴湯姆說，為了防止再有人
在山洞裏迷路，已經在兩個星期前，用鐵板把洞口的
大門釘上了一層，並且上了三道鎖，由專人掌握着鎖
匙。今後，誰也不能隨便進去了。

　　湯姆一聽，臉色立即變白了，他失聲地叫道：

　　「啊，喬埃還在山洞裏呢！」

‹ 十二、發現錢財 ›

山洞的大門打開了，頓時，一個悲慘的場面出現在眼前。只見喬埃伸直身子躺在地上，已經死了。他是餓死的。

他的那把獵刀，丟在屍體的旁邊，但已經斷了，洞口那沉重厚實的大門，被獵刀刨開了一些表層，但遠遠未能將大門破壞。

喬埃的眼睛還微睜着，只是失去了平時的兇光，但那副樣子，仍像生前那麼可怕，那麼令人恐懼。

看到喬埃的屍體，湯姆終於放下心了。因為他不再感到有威脅了，他終於安全了。但看到喬埃這樣死去，湯姆不禁感到有些可憐這個壞蛋，因為憑自己在山洞的親身經歷，他知道飢餓是怎麼回事，更何況是活活餓死呢！

幾天過去了，這類話題逐漸從人們嘴裏消失後，湯姆找到了哈克，在一個僻靜的地方，兩人進行了一

次重要的談話。

「哈克，我想我知道那些錢在什麼地方了！」湯姆興奮地說。

「什麼，那箱錢？在哪裏，快說呀！」哈克一聽，便目不轉睛地盯着湯姆。

「嘻，就在山洞裏！」

哈克眼睛發出光來。

「哪裏？你再說一遍吧！」

「錢就在山洞裏哩！」

「湯姆，哎，你可別亂猜啊！」哈克還是不相信，「你到底是開玩笑，還是說真的？」

「是真的，我對老朋友是不會撒謊的，」湯姆連忙說，「你願意和我一起去把它取出來嗎？」

「當然願意啦，不過，你怎會知道那些錢在……」

「哈克，你先不用急，等我們到了山洞裏再說。要是找不到那些錢，我將我所有的東西統統給你。」

「好，一言為定。我們什麼時候去呢？」

「我們馬上就走。」

「可是，」哈克想起了什麼，「那個洞口不是已經封起來了嗎我們又沒有鎖匙，怎麼能進去呀？」

「不要緊，上那兒有一條很近的路，只有我一個人知道。我們去準備一下吧！」

湯姆顯得很有把握。

於是，兩個人吃了午飯後，就帶上點麵包，兩隻口袋，幾個放風箏的線圈，還有蠟燭、鐵鏟等之類的東西，找到一家人借了一隻小艇，就划着出發了。

他們一路划着，一直划到湯姆脫險的地方，就在那兒上了岸。

然後，湯姆就得意地走進一片密密的灌木叢裏，大聲說：

「怎麼樣，洞口就在這裏，這一帶最隱蔽的洞口就數它了！我老早就想當個強盜，可是我得有這麼一個地方躲藏才行。我們不能把它洩露出去。」

哈克也大聲贊同着，也表示願做一個強盜。兩人還將強盜和海盜比較了一番。說當海盜要經常乘船，

知識泉

灌木：木本植物。矮小，樹榦不粗，沒明顯主榦，在離地面不遠處，就有許多分枝。例如杜鵑花、茶花等。

周圍漂流；而當強盜則可以離家近，也可以經常看馬戲等等。

他們休息和閒談了一會兒，就由湯姆領頭，鑽進山洞裏了。這次，他們有經驗了，用風箏線栓住洞口的石頭，然後才往裏走，由哈克放鬆風箏線，湯姆則舉着蠟燭走在前頭。

不久，他們就走進湯姆曾經到過的那條岔道。湯姆頓時緊張起來。

他把石壁上用黏土黏住的一點蠟燭心指給哈克看，並向哈克講述起，當時他和貝蒂是怎樣看着蠟燭最後熄滅的。

兩個孩子漸漸把聲音放低了，因為這個地方太寂靜，太陰沉了，使他們感到很緊張。

他們繼續走着，終於到了那個凹下去的陡地方，也就是湯姆碰見喬埃的地方。

湯姆舉起蠟燭，説：

「你往那拐角處盡量朝遠處看，看見了嗎？在那邊的岩石上，用煙熏的。」

「湯姆，那是個十字呀！」

「對了！還記得喬埃是怎麼說的嗎？『在十字架下面』，我就是看見喬埃在那裏伸出蠟燭來的！」

哈克對那個神秘的記號瞪着眼睛，看了一會兒，然後，用發抖的聲音說：

「湯姆，我們快離開這裏！」

「怎麼，連財寶也不要了嗎？」

「不要了，快走吧。我敢肯定，喬埃的鬼魂就在那裏。」

「不，不會的。哈克，他的鬼魂會上他死的地方去，離這裏有五里遠呢！」

「不，湯姆，它不會上那兒的，它會守着那些錢財的。我們都知道鬼魂的這個習慣呀！」

湯姆一聽，也覺得害怕起來。的確，哈克講得不錯。但是，他又突然想起了：

「嘿，哈克，我們真是大傻瓜！那兒有個十字，是可以避邪的，喬埃的鬼魂是不敢來這裏的！」

湯姆，你説的對，怎麼我就沒有想到這個呢，這真是我們的好運氣。

我們可以放心地去找那個箱子了。」

於是，湯姆在前，哈克跟後，兩人慢慢地爬下了那個陡坡，來到了那塊岩石下面。

那塊大岩石所在的小石窟裏，又分出四條通道。他們察看了三條，毫無結果。

然後，他們在離岩石腳最近的那條通道裏，發現了一張鋪着毛毯的小牀，還有幾個舊籃子，幾根啃得乾乾淨淨的雞骨頭。不用説，這就是喬埃的窩了。

可是那裏並沒有見裝着錢的箱子。

他們在這裏搜尋了一遍又一遍，連石壁和地上也敲了一遍，還是沒有什麼發現。

「喬埃是説在十字底下的，」湯姆説，「嗐，這是離十字底下最近的地方了！總不會正在岩石底下吧！因為岩石是牢牢地豎在地上的。」

他們把各處再搜尋了一遍，然後垂頭喪氣地坐了下來。大家也想不出什麼好辦法。

湯姆低着頭，感到很失望。突然，他仔細看着地上，覺得發現了什麼：

「咦，哈克，你看這裏。岩石這邊土地上有腳印和蠟燭油，另外一邊卻沒有。那是怎麼回事，我看那些錢一定是藏在那邊的泥土下。」

哈克一聽，跑過來認真看了一下，也開始感到興奮了。

他們立刻拿出小鐵鏟挖了起來。還沒有挖到四吋深，就碰到了木頭。

「嘿，哈克，你看這是什麼？」

兩個人更加興奮了，不久就挖出了幾塊木板，搬開木板後，就露出一個岩洞口。

湯姆把蠟燭伸到裏面，可是看不到這洞的盡頭。於是他就爬下去，順着

彎彎曲曲的路往裏面走，哈克也在後面緊跟着。

當轉了一個小彎時，忽然聽見湯姆在興奮地大叫：

「哎呀！哈克，你快來看啊！」那箱財寶真的就放在那裏，在一個小石窟上！旁邊還有兩支裝在皮套裏的**手槍**[1]、一個空火藥桶、兩三雙舊皮靴、一根皮帶，另外還有一些雜七雜八的東西。

「終於找到了！」哈克一邊狂叫着，一邊伸手到那些錢幣裏，抓來抓去，「這些錢終於歸我們所有了！」

「是啊，這下子我們成了財主啦，」湯姆也高興地去抓着錢，「喬埃也真夠絕的，把錢藏得這樣密實，讓我們好找！」

「不管怎樣，我們終於找出來了！這錢本來就應該是我們的！」

[1]**手槍**：體積小，便於攜帶使用的短槍。

「是呀是呀！」

兩人一起大大高興了一陣子，然後，就要將箱子運走。可是箱子實在太沉重了，湯姆好不容易才抬起了它，但要帶上它，穿過那些彎彎曲曲的通道，就很困難了。

「我早就猜到它是很重的，」湯姆説，「幸好我帶了布袋來。」

錢很快就全部裝進了布袋，他們將錢搬上岩石那兒。

「現在我們去將槍和其他東西搬上來吧！」哈克説。

「不，哈克，讓它們留在那裏吧。我們要當強盜時，這些東西就用得上了。我們以後還要在這裏聚會呢！」

不久，他們就從洞裏出來了，穿過灌木叢上了小艇。在艇上吃了點麵包後，便將小艇往回划，天剛黑時，就靠岸了。

他們在路上商量好，先把錢藏在寡婦的柴草棚裏，明天一起去點點數，然後兩個人平分了這些錢。

兩個人剛把錢藏好走出來，就碰上了那位熱心助人的老頭子。

　　那老頭子告訴他倆，寡婦已經叫人找他們半天了。

　　兩個孩子想知道找他們有什麼事。

　　「先別問了，到了那裏就明白啦。」老頭推着他們往客廳裏走去。

　　到了裏面一看，波莉姨媽、貝蒂一家、赫波一家，以及牧師等許多人，都坐在那裏。

　　大家一見他們來了，便連忙催他們到一間臥室裏，換上專門為他們準備的新衣服。不過，由於平日兩人的衣着隨便慣了，尤其是哈克，所以穿上新衣服後，顯得很不自在。

　　原來，這是寡婦舉辦的一個宴會，是為了感謝哈克和那個老頭子一家，因為他們在那天晚上，幫助她逃脫了那場災禍。

　　寡婦在席間還向大家宣布，她打算將哈克收養下來，給他教育——因為哈克的酒鬼父親，早就不知流浪到哪裏去了。她還說，等她賺到一筆錢後，就讓哈

克去做一些小買賣。

湯姆聽到這裏，禁不住大聲叫起來．

「哈克用不着你的錢，他已經發財了！」

大家還未弄清楚是怎麼回事，湯姆就匆匆地跑了出去。不一會兒，他就背着那兩只挺沉重的口袋，東歪西倒地走進來，然後，把那些金幣往桌子一倒，得意地説：

「瞧，怎麼樣，我沒有吹牛吧？一半是哈克的，一半是我的！」

這場面把大家都嚇了一驚！他們瞪着眼，一時都講不出話來。然後，大家一致要求湯姆説説這些錢的來歷。於是，湯姆就有聲有色地講起來了。同時，還添上一些緊張而又刺激的情節。

講完後，大家幫忙清點了錢的數好，總計竟有一

萬二千多元。在場的人中，有幾位的
財產雖然比這個數目多得多，可是誰也沒
有一下子見過這麼多的錢呢！

　　湯姆和哈克發了**橫財**①的消息，在這小鎮
上引起了極大的哄動。鎮上不少可疑的地方，
都被人們挖掘過。這一回不是小孩子幹的了，
而是大人們，其中還有一些是有體面的人
呢！

---

①**橫財**：意外得到的錢財。

現在，不管湯姆和哈克在哪裏出現，他們總是受到人們的羨慕和注視。他們講的每一句話，都被人們重視，反覆轉述。鎮上的報紙裏，還發表了他們生活的情況。

寡婦把哈克的錢以百分之六的利率放了債，波莉姨媽也委託別人，將湯姆的那一份同樣放了債。

如今，這兩個小財主都有了一筆可觀的收入：每天都有一塊錢。在那生活簡樸的年代裏，一塊多錢便可以供應一個孩子一星期的食和住，還包括衣服及其他雜費在內了。

可是，哈克過不慣這樣的「上等」生活，他自小就流浪，自由自在慣了。每當寡婦不注意，他就偷偷跑出來，去釣魚，去幹各種無聊的事，然後就在隨便哪個地方，躺下就睡，致使大家經常去到處找他。

這天，湯姆又在一間已倒塌的棚子裏找到了他。在全鎮的人中，大概只有湯姆才能夠知道哈克的行蹤。

湯姆極力勸哈克回去。

可是，哈克説，他過不慣體面人的生活，因為那些規矩實在太多了。

湯姆再三勸告，但也無效。

最後，湯姆不得不找出個好理由來。

「喂，哈克，我們雖然有了錢，但這並不妨礙我們去當強盜呀！」

「是嗎，那好極了，你説的是真話嗎？」

「一點不假。不過，你要是不體面一點，我們就不能讓你入伙。因為，我不願意人家説我們的閒話；『瞧！湯姆的那幫人，衣着這樣的寒酸！』他們指的是你呀！我們都不喜歡聽到這些話吧！」

哈克聽後，沒有馬上回答。他想了很久，最後説：

「好吧，只要你讓我入伙，我就再回去熬熬，看能否過得下去。」

湯姆聽見哈克同意回去了，便相當高興地説：

「對呀，哈克，這才是當強盜的料子。走吧，我幫你向寡婦求個情，請她對你放鬆一點。」

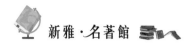

「啊，那太好了！不過，你組起這個隊伍時，一定要找我入伙呀！」

「一定，一定。」

說完，兩個人就拉着手，向寡婦家走去了。

1　你認為湯姆是一個好孩子嗎？為什麼，説説
你的看法。

2　你喜歡湯姆、赫波和哈克所過的海盜生活
嗎？為什麼？

3　你想有一個像湯姆這樣的兄弟嗎？為什麼？

4　如果你像湯姆一樣得了一筆橫財，你會如何
運用它？

5　湯姆的所有經歷中，那個令你留下最深刻的
印象？為什麼？

6　如果湯姆明天會到香港遊玩，你認為帶湯姆
到哪裏遊玩會令他覺得開心的呢？
説説你的建議及原因。

擴闊眼界

「歷險」指的是經歷危險、阻難。歷險故事的背景，可以是任何地方，包括外太空、地底、南北極、海上的荒島、古代，甚至是未來世界。最重要的是身處其中的人物，在故事推展的過程中，接二連三遇到不同的事故或危險，以致險象環生，使讀者看得心跳加速，自己也會替故事的主角一起緊張，急於追看故事的情節發展，這亦是歷險故事一直都受讀者歡迎的原因。

中外著名的歷險故事十分多，題材也豐富多彩，以下是一些著名的作品：

英國的《魯濱遜漂流記》：小説講述了一位海難的倖存者魯濱遜，在一個偏僻荒涼的熱帶小島上度過28年的歷險故事，魯濱遜的夥伴是他從食人族手中救下的一個土著。

法國的《地心歷險記》：地質學家李登布洛克教授在一本古本編年史中，發現了一封用密碼寫成的信件，教授隨即帶同侄子及導遊漢斯，進行了一次驚險的地底探險之旅。

《頑童流浪記》：這是本書作者馬克‧吐溫繼《湯姆歷險記》後寫的另一個歷險故事，本書的主角則換成湯姆的好朋友哈克。

馬克‧吐溫

(Mark Twian) (1835-1910)

　　馬克‧吐溫原名山姆‧朗洪‧克萊曼斯（Samuel Langhorne Clemens），1835年出生於美國密蘇里州，那一年正好是哈雷彗星出現的時候。

　　童年時代，馬克‧吐溫居住在密西西比河旁的小鎮，這裏是各種船隻穿梭聚散之地，他在此地的見聞，成為日後故事中的題材和特色。

　　十二歲時，父親去世，馬克‧吐溫只好停學，到工廠當小工。後來他換了不少職業，先後曾做密西西比河的領航員、礦工及新聞記者等工作。漸漸他着手寫作一些有趣的小品，開始寫作生涯。馬克‧吐溫是他的筆名，意思是水深二噚（航海術語。測量水深的繩尺，一格一噚，水深二噚，可以通航）。

　　第一篇引人注意的短篇小説《跳蛙》，使他成為薄有名氣的幽默作家。三十五歲結婚後，他更專職寫作，隨後的二十年，相繼完成了《湯姆歷險記》、《乞丐王子》、《密西西比河上的生活》、《頑童歷險記》等不朽名著。

　　1910年，當哈雷彗星一周重臨地球前一天，馬克‧吐溫去世了，享年七十五歲。

新雅●名著館

湯姆歷險記

原　　著：馬克·吐溫〔美〕
撮　　寫：周樂
繪　　圖： Chiki Wong
策　　劃：甄艷慈
責任編輯：黃婉冰
美術設計：何宙樺
出　　版：新雅文化事業有限公司
　　　　　香港英皇道 499 號北角工業大廈 18 樓
　　　　　電話：(852) 2138 7998
　　　　　傳真：(852) 2597 4003
　　　　　網址：http://www.sunya.com.hk
　　　　　電郵：marketing@sunya.com.hk
發　　行：香港聯合書刊物流有限公司
　　　　　香港荃灣德士古道 220-248 號荃灣工業中心 16 樓
　　　　　電話：(852) 2150 2100
　　　　　傳真：(852) 2407 3062
　　　　　電郵：info@suplogistics.com.hk
印　　刷：中華商務彩色印刷有限公司
　　　　　香港新界大埔汀麗路 36 號
版　　次：二〇一六年四月二版
　　　　　二〇二四年一月第四次印刷

ISBN: 978-962-08-6507-7
© 1994, 2016 Sun Ya Publications (HK) Ltd.
18/F, North Point Industrial Building, 499 King's Road, Hong Kong
Published in Hong Kong SAR, China
Printed in China